A leitora incomum

EXEMPLAR N° 2292

tradução Emanuela Siqueira

capa e projeto gráfico Frede Tizzot

© 2020, Editora Arte & Letra

W9131	Woolf, Virginia
	A leitora incomum / Virginia Woolf ; tradução de Emanuela Siqueira. Curitiba : Arte & Letra, 2020.
	136p.
	ISBN 978-85-60499-87-8
	1. Ensaios. 2. Crítica literária. I. Siqueira, Emanuela. II. Título.
	CDU 82-4/.09

ARTE & LETRA EDITORA

Rua Des. Motta, 2011. Batel
Curitiba - PR - Brasil / CEP: 80420-180
Fone: (41) 3223-5302
www.arteeletra.com.br - contato@arteeletra.com.br

A leitora incomum

Virginia Woolf

5ª reimpressão

tradução
Emanuela Siqueira

2020

Sumário

Apresentação..5

Horas na Biblioteca..7

A Anatomia da Ficção..................................21

A Vida e o Romancista.................................27

Uma mente implacavelmente sensível.......39

Fases da Ficção...45

Apresentação

Os cinco ensaios reunidos neste livro foram escritos entre 1919 e 1929 e publicados em suplementos e revistas literárias. Os textos mostram que além de ser uma ficcionista, Woolf era uma leitora muito atenta, com perspicaz senso crítico. A compreensão que ela tem do leitor, da leitura e do ofício de escrever explicam o porquê ela ser uma das escritoras mais importantes do século XX, responsável por técnicas como a do fluxo de consciência, por cenas cinemáticas e as digressões que adentram as camadas da narrativa. Além do profundo conhecimento da Virginia sobre o tema é preciso falar do cuidado com a tradução, que opta por manter o ritmo da escrita tão peculiar da Woolf.

Como explicitado no famoso ensaio Um teto todo seu, mesmo sendo de uma família aristocrata, Virginia Woolf não teve permissão de frequentar a universidade, dessa forma fazendo de sua escrita não apenas uma escolha estética, mas acima de tudo de autonomia e política, de forma que não se parecesse em quase nada com a escrita de outros autores e ainda assim fosse profundamente certeira e bem escrita.

Todos os textos desta coletânea fazem parte do livro *Granite and Rainbow* organizado por Leonard Woolf e publicado em 1958. Sobre o título, A Leitora Incomum, ele remete ao livro de ensaios que a própria Virginia organizou e publicou chamado *O Leitor Comum*.

Horas na Biblioteca

Times Literary Supplement,
30 de novembro, 1916.

Vamos começar resolvendo a velha confusão entre o homem que ama aprender e o homem que ama ler, e apontar que não há qualquer ligação entre eles. O intelectual é um sedentário, um solitário entusiasta concentrado, que busca através dos livros um grão de verdade específico para acreditar. Se a paixão pela leitura o conquista, seu proveito diminui e se esvaece pelos dedos. Um leitor, por outro lado, deve conferir o desejo de aprender no início; se o conhecimento o cativar, maravilha, mas ir em sua busca, ler sistematicamente, tornar-se um especialista ou uma autoridade, é bastante propício a matar o que nos faz considerar a paixão mais humana pela pura e desinteressada leitura.

Apesar disso tudo, podemos facilmente evocar um retrato que funcione para o homem dos livros e abrir um sorriso às suas custas. Imaginemos uma figura pálida, magra em um robe, perdido em especulações, incapaz de levantar uma chaleira do fogão, ou dirigir-se a uma mulher sem ruborizar, alheio aos jornais, embora versado em acervos de sebos, nos quais gasta as horas da luz do dia em suas escuras dependências – um personagem encantador, sem dúvida, em sua obscura simplicidade, mas nem um pouco parecido com o outro ao qual iremos direcionar nossa atenção. Pois o leitor verdadeiro é essencialmente jovem. Ele é um homem de intensa curiosidade; de ideias, mente aberta e comunicativo, para quem a leitura é mais da natureza de um vigoroso exercício ao ar livre do que da clausura do estudo; ele se arrasta pelo caminho, escala mais e mais as montanhas até que a atmosfera esteja quase rarefeita; para ele é uma busca nada sedentária.

Mas, além das afirmações gerais, não é difícil provar por um conjunto de fatos que a melhor época para leitura é aquela entre os dezoito e os vinte e quatro anos. A lista vazia do que se ler então preenche, com desespero, o coração dos mais velhos. Não é apenas que lemos tantos livros, mas sim que tínhamos tantos livros para ler. Se desejarmos refrescar nossas memórias, vamos pegar um daqueles velhos cadernos que todos temos, que em algum momento ou outro, surgiu um entusiasmo em iniciar. É verdade, a maioria das páginas está em branco; mas no início encontraremos algumas incrivelmente cobertas com uma firme e legível escrita à mão. Aqui temos nomes de grandes autores em ordem de relevância; aqui, belos trechos copiados dos clássicos; aqui, listas de livros a serem lidos; e aqui, o mais interessante de tudo, listas de livros que foram realmente lidos, como atesta o leitor com uma vaidade juvenil através de um traço de tinta vermelha. Vamos apontar uma lista de livros que alguém leu em um janeiro passado, na casa dos vinte anos, a maioria deles provavelmente pela primeira vez. 1. Rhoda Fleming. 2. The Shaving of Shagpat. 3. Tom Jones. 4. The Laodicean. 5. Dewey's Psychology. 6. The Book of Job. 7. Webbe's Discourse of Poesie. 8. The Duchess of Malfi. 9. The Revenger's Tragedy[1]. E assim ele segue de mês em mês, até que, como acontece com essas

---

[1] *(1)Rhoda Fleming*, escrito por George Meredith (1828-1909), publicado em 1865. (2) *The Shaving of Shagpat*, também escrito por George Meredith, publicado em 1856. *(3) Tom Jones*, de Henry Fielding (1707-54), é considerado o primeiro romance moderno, publicado em 1749. (4) *The Laodicean*, provavelmente fazendo referência ao romance *A Laodicean* de Thomas Hardy (1840-1928), publicado em 1881. (5) *Psychology*, do filósofo e pedagogo John Dewey (1859-1952), publicado em 1886. (6) *The Book of Job*, conhecido também como *Livro de Jó*, é um dos escritos bíblicos do antigo testamento e considerado um dos primeiros livros poéticos. (7) *A Discourse of English Poetrie*, ensaio de William Webbe (1568-91), publicado em 1586, é considerado um dos primeiros livros a definir a poesia na Inglaterra. (8) *The Duchess of Malfi*, peça de John Webster (1580-1634), publicada em 1614. (9) *The Revenger's Tragedy*, é uma tragédia de vingança da era jacobina, escrita Thomas Middleton (1580-1627), publicado em 1607.

listas, repentinamente para no mês de junho. Mas se acompanharmos o leitor ao longo desses meses, é óbvio que ele não pode ter feito praticamente nada, a não ser ler. O período elisabetano foi atravessado com certo rigor; leu um bom número de Webster, Browning, Shelley, Spenser e Gongreve; Peacock, ele leu do começo ao fim; e duas ou três vezes a maioria dos romances de Jane Austen. Leu todo Meredith, todo Ibsen, e um pouco de Bernard Shaw. Podemos estar certos, também, que o tempo não gasto lendo, foi usado em algum argumento estupendo, em que os gregos foram colocados contra os modernos, romantismo contra realismo, Racine contra Shakespeare, até que as luzes se enfraqueceram na alvorada.

As listas antigas existem para nos fazer sorrir e talvez lamentar um pouco, mas daríamos tudo para reavivar o modo no qual essa orgia de leitura foi feita. Felizmente, esse leitor não era nenhum prodígio, e com um pouco de esforço podemos reavivar os estágios, ao menos, da nossa própria iniciação. Os livros que lemos na infância, furtados de alguma estante supostamente inacessível, têm algo do irreal e nefasto do vislumbre roubado de uma alvorada pairando sobre campos tranquilos quando a família está adormecida. Espiando entre as cortinas, vemos formas estranhas de árvores enevoadas que dificilmente reconhecemos, embora possamos nos lembrar delas por toda a vida; pois as crianças têm uma estranha premonição do que está por vir. Mas a leitura tardia da qual a lista acima é um exemplo, é uma outra questão. Pela primeira vez, quem sabe, todas as restrições são removidas, podemos ler o que gostamos; bibliotecas estão sob nosso comando, e, o melhor de tudo, amigos que se encontram na mesma posição. Por dias a fio não fazemos nada além de ler. É um tempo de extraordinárias excitação e exaltação. Parecemos apressados em reconhecer heróis. Há um tipo de deslumbramento em nossas mentes que nos incita a fazer isso, junto com uma absurda arrogância e desejo de mostrar nossa familiaridade com os grandes seres humanos que já viveram no mundo. A paixão pelo conhecimento chega ao seu ponto mais intenso, ou pelo menos o mais convicto, e temos, também, uma vigorosa singeleza de pensamento que os grandes autores satisfazem, fazendo parecer que se unem conosco no que estimam ser bom na vida. É necessário nos moderar com alguém que adotou Pope, digamos, ao invés de Sir Thomas Browne, como um herói, pois nutrimos um profundo afeto por estes homens, e sentimos que os conhecemos não como outras pessoas os conhecem, mas por nós mesmos, em particular. Lutamos sob sua liderança, e quase na luz de seus olhos. Então assombramos os sebos e arrastamos para casa fólios e quartos, Eurípides em placas de madeira e Voltaire em octavos de oito volumes.

Mas essas listas são documentos curiosos, de forma que parecem incluir um ou outro escritor contemporâneo. Meredith, Hardy e Henry James estavam claramente vivos quando este leitor chegou até eles, mas já haviam sido aceitos entre os clássicos. Não há homem de sua geração que o influenciou tanto quanto Carlyle, Tennyson, ou Ruskin influenciaram o jovem de seu tempo. E isso, acreditamos ser muito característico da juventude, pois a menos que haja algum gigante reconhecido, ele não se interessará pelos homens menores, apesar de lidarem com o mundo em que vive. Irá preferir voltar aos clássicos, e acompanhar inteiramente as mentes de primeira ordem. Por hora ele se mantém distante de todas as atividades dos homens, e, observando à distância, os julga com uma soberba severidade.

Um dos sinais da passagem da juventude, de fato, é o nascer de um sentimento de irmandade com outros seres humanos, conforme nos juntamos a eles. Gostaríamos de pensar que mantemos um padrão elevado; mas certamente temos mais interesse na escrita dos contemporâneos e perdoamos sua falta de inspiração em nome de algo que nos aproxime.

É possível argumentar que obtemos mais dos vivos, embora possam ser mais inferiores, do que dos mortos. Em primeiro lugar, não se pode haver vaidade secreta ao ler os contemporâneos, e a espécie de admiração que inspiram é acolhedora e genuína porque para dar lugar à confiança, muitas vezes devemos sacrificar algum preconceito respeitável que nos dê crédito. Também temos que encontrar nossas próprias razões para o que gostamos e desgostamos, de forma que estimule a nossa atenção, e prove, da melhor maneira, que lemos os clássicos com entendimento.

Logo, permanecer em uma grande livraria abarrotada de livros tão novos que suas páginas quase grudam umas nas outras, e o dourado de sua contracapa ainda está fresco, traz uma excitação não menos prazerosa que àquela da prateleira do sebo. Talvez não tão intensa. Mas o velho desejo de saber o que os imortais pensavam deu lugar a uma curiosidade mais paciente em saber o que a nossa geração está pensando. O que os homens e mulheres vivos sentem, como são suas casas e que roupas eles usam, quanto dinheiro eles têm e o que comem, o que amam e odeiam, o que veem no mundo ao seu redor, e qual é o sonho que preenche os espaços de suas vidas? Eles nos contam tudo isso em seus livros. Enquanto tivermos olhos, podemos ver neles a mente e o corpo de nosso tempo.

Quando esse espírito da curiosidade nos tomar por completo, a poeira irá repousar espessa sobre os clássicos, a menos que alguma necessidade nos force a lê-los. Pois a voz dos vivos é, afinal de contas, a que melhor compreendemos. Podemos respeitá-la como iguail; ela adivinha nossas charadas, e talvez o mais importante, entendemos suas piadas. E logo desenvolvemos outro gosto, insatisfeito pelo grande – talvez não valioso, mas certamente um pertence agradável – gosto por livros ruins. Sem cometer a indiscrição de nomear aqueles que sabemos ser os autores que podem ser confiados a produzir anualmente (felizmente são prolíficos) um romance, um livro de poemas ou ensaios, que nos proporciona um prazer indescritível. Devemos muito aos livros ruins; de fato, passamos a incluir seus autores e heróis entre aquelas figuras que atuam tanto em nossas vidas caladas. Algo do tipo acontece no caso de memorialistas e autobiógrafos, que criaram quase que um novo ramo da literatura em nossa época. Nem todos são pessoas importantes, mas curiosamente, apenas os mais importantes, como duques e estadistas, são realmente desinteressantes. Homens e mulheres que se propuseram, sem ressalvas, exceto aqueles que viram o Duque de Wellington uma vez, a nos confiar suas opiniões, brigas, aspirações, e doenças, tornando-se de modo geral, ao menos por um momento, atores nesses dramas privados com os quais ocupam nossas caminhadas solitárias e horas sem dormir. Filtre tudo isso de nossa consciência e poderá ser lastimoso. E então há livros de fatos e história, livros sobre abelhas e vespas, indústrias e minas de ouro, imperatrizes e intrigas diplomáticas, sobre rios e nativos, sindicatos e leis parlamentares, que nós sempre lemos e sempre, ai de mim, esquecemos! Talvez estejamos fazendo pouco caso de uma livraria quando temos que confessar que ela satisfaz tantos desejos que aparentemente nada têm a ver com literatura. Mas vamos relembrar que aqui temos uma literatura sendo feita. Desses novos livros nossas crianças irão escolher um ou dois que serão conhecidos para sempre. Aqui, se pudéssemos reconhecer, jaz um poema, romance ou história que irá se impor e dialogar com outras gerações sobre a nossa, quando estivermos prostrados e calados assim como a multidão nos dias de Shakespeare é calada e vive para nós apenas nas páginas de sua poesia.

Acreditamos que isso seja verdade; embora seja estranhamente difícil saber, no caso dos novos livros, quais são os verdadeiros e o que eles estão nos contando, e quais são apenas inutilidades e se desmancharão quando encostados por um ou dois anos. Podemos ver que há muitos livros, e somos frequentemente lembrados que todo mundo pode escrever hoje em dia. Isso pode ser verdade; ainda que não duvidemos que no centro dessa grande inconstância, dessa torrente e espuma de linguagem, dessa indiscrição, vulgaridade e banalidade, resida o calor de uma grande paixão que precise apenas do acidente de um cérebro, mais alegremente focado do que os outros, para fornecer uma forma que permanecerá de geração em geração. Deveria ser nosso deleite assistir a esse tumulto, lutar com as ideias e visões do nosso próprio tempo, agarrar o que podemos usar, acabar com o que consideramos inútil, e acima de tudo perceber que devemos ser generosos com as pessoas que estão dando forma, como melhor podem, às ideias dentro delas. Nenhum período da literatura é tão pouco submisso à autoridade quanto o nosso, tão livre do domínio dos grandes; nenhum parece tão rebelde em seu dom de reverência, ou tão volátil em seus experimentos. Pode muito bem parecer, até mesmo para os atentos, que não há traço de academia ou foco no trabalho de nossos poetas e romancistas. Mas o pessimista é inevitável, e não deve nos convencer que nossa literatura está morta, ou nos prevenir de sentir o quão verdadeira e vívida é a beleza que se manifesta quando os jovens escritores se utilizam das antigas palavras, da bela linguagem dos vivos, para dar forma à sua nova visão. O que quer que tenhamos aprendido lendo os clássicos, precisamos agora a fim de julgar o trabalho dos contemporâneos, pois enquanto houver vida dentro deles, lançarão sua rede sobre algum abismo desconhecido para capturar novas formas, e devemos arremessar nossas imaginações em seguida, se quisermos aceitar com complacência os estranhos presentes que nos retornam.

Mas se precisamos de todo nosso conhecimento sobre os antigos escritores, a fim de entender o que os novos estão tentando, é certo que viemos de aventuras junto aos novos livros com um olhar mais entusiasmado para os antigos. Agora, parece que deveríamos estar aptos para surpreender seus segredos; olhar profundamente para o trabalho deles e ver as peças se juntarem, porque assistimos a produção dos novos livros, e com os olhos vazios de preconceito poder julgar de forma mais verdadeira o que eles estão fazendo, o que é bom e o que é ruim. Veremos, provavelmente, que alguns dos grandes são menos veneráveis do que pensávamos. Na verdade, não são tão brilhantes ou profundos quanto alguns de nosso tempo. Mas se em um ou dois casos isso pareça verdade, uma espécie de humilhação misturada com alegria nos acomete diante dos outros. Vide Shakespeare, Milton, ou Sir Thomas Browne. Nosso pouco conhecimento sobre como as coisas são feitas não nos favorece muito aqui, mas empresta entusiasmo à nossa apreciação. Alguma vez, em nossa juventude, chegamos a sentir tamanho deslumbramento sobre suas conquistas, como esse que nos toma agora que esmiuçamos miríades de palavras e fomos, ao longo de caminhos desconhecidos, em busca de novas formas para nossas sensações? Novos livros podem, de muitas maneiras, ser mais estimulantes e mais sugestivos do que os clássicos, mas eles não nos dão aquela absoluta certeza do prazer que nos assola quando retornamos a Comus, Lycidas, Urn Burial, ou Antônio e Cleópatra[2]. Longe de nós arriscar qualquer teoria quanto à natureza da arte. Talvez nunca poderemos saber mais sobre isso do que sabemos por natureza, e nossa longa experiência nos ensina apenas isso – que de todos os nossos prazeres, aqueles que recebemos dos grandes artistas estão indiscutivelmente entre os melhores; e mais que podemos não conhecer.

---

[2] *Comus* (1634), escrito por John Milton (1608-74) para uma mascarada, uma forma de entretenimento cortês festivo comum no século XVI. *Lycidas* (1637), poema também escrito por Milton como uma elegia pastoral. *Hydriotaphia, Urn Burial, or, a discourse of the Sepulchral Urns lately foun in Norfolk* (1658), escrito por Sir Thomas Browne, uma espécie de discurso sobre a descoberta de uma urna funerária romana em Norfolk (condado inglês). *Antônio e Cleópatra*, peça de teatro épica, escrita por William Shakespeare e apresentada em 1606.

Mas, sem avançar na teoria, vamos encontrar uma ou duas qualidades em tais trabalhos, das quais dificilmente podemos encontrar em livros produzidos durante a nossa vida. A idade por si só pode ter uma alquimia própria. Mas essa é a verdade: você pode lê-los o quanto quiser, sem descobrir que não produziram nenhuma virtude e deixaram apenas uma casca de palavras vazias; e é um caráter definitivo. Nenhuma nuvem de sugestões paira sobre eles, nos provocando com uma multitude de ideias irrelevantes. Mas todas as nossas capacidades são convocadas para a tarefa, como nos grandes momentos de nossa própria experiência; e de suas mãos, cai uma benção sobre nós, que devolvemos à vida, a compreendendo de forma mais profunda e entusiasmada que antes.

A Anatomia da Ficção

The Athenaeum,
16 de maio de 1919.

Ocasionalmente, em feiras no interior, você pode ter visto um especialista num palanque estimulando os camponeses a se aproximar e comprar suas pílulas milagrosas. Seja qual for a doença, se do corpo ou da alma, ele tem o nome e a cura para isso; se ficarem na retaguarda, ele saca um diagrama e aponta, com uma vareta, para várias partes diferentes da anatomia humana, e matraqueia tão rápido palavras longas em latim, que o primeiro tropeça timidamente adiante e dando outro passo, pega sua porção, leva para longe, desembrulha secretamente e a engole com esperança. "O jovem aspirante a arte da ficção que sabe ser um realista incipiente", vocifera o Sr. Hamilton[1] de seu palanque e realistas incipientes avançam e recebem – pois o professor é generoso – cinco pílulas, com nove sugestões para o tratamento domiciliar. Em outras palavras, lhes são dadas cinco

---
[1] Referência ao crítico Clayton Hamilton (1881-1946), alusão ao livro *A Manual of the Art of Fiction: Everything You Need to Know to Write Fiction*, de 1908. Virginia Woolf faz várias alusões ao livro durante o ensaio.

"questões de análise" para responder, e são aconselhados a ler nove livros ou partes deles. '1. Defina a diferença entre realismo e romantismo. 2. Quais são as vantagens e desvantagens do método realista? 3. Quais são as vantagens e desvantagens do método romântico?' – esse é o tipo de coisa que eles desenvolvem em casa e com tamanho sucesso que uma "edição revisada e ampliada" do livro saiu no décimo aniversário da primeira publicação. Evidentemente, nos Estados Unidos o Sr. Hamilton é considerado um ótimo especialista, e sem dúvida há uma série de depoimentos sobre a natureza miraculosa de suas curas. Mas vamos considerar que: Sr. Hamilton não é um especialista; não somos garotos inocentes do interior; e a ficção não é uma doença.

Na Inglaterra temos o hábito de dizer que a ficção é uma arte. Não somos ensinados a escrever romances; a dissuasão é o nosso incentivo mais comum; e ainda que os críticos tenham "deduzido e formulado os princípios gerais da arte da ficção", fizeram seu trabalho como uma boa empregada faz o dela; eles arrumaram tudo depois da festa acabar; a crítica raramente, ou nunca, se aplica aos problemas do presente. Por outro lado, qualquer bom escritor, esteja ele morto ou vivo, tem algo a dizer sobre eles, ainda que dito muito indiretamente, de forma diferente para pessoas diferentes, e de forma diferente em diferentes fases da formação da mesma pessoa. Deste modo, se há algo essencial, é fazer sua leitura com os próprios olhos. Mas, para falar a verdade, o Sr. Hamilton nos enjoou do estilo didático. Nada parece ser essencial, salvo, talvez, um conhecimento elementar do A.B.C., e é agradável recordar que Henry James, quando se submeteu a ditar, dispensou até mesmo isso. Ainda, se você tem um gosto natural para livros, é provável que depois de ler *Emma*, para exemplificar, algumas reflexões sobre a arte de Jane Austen, podem ocorrer – quão primorosamente um incidente ameniza outro; quão precisamente, sem querer dizer nada, ela diz; quão surpreendente são, portanto, suas expressivas frases, quando surgem. Entre as sentenças, à parte da história, alguma coisa se constrói. Mas aprender com os livros é, no máximo, uma atividade caprichosa, e o ensino tão vago e mutável que no fim, longe de chamar os livros de "românticos" ou "realistas", você estará mais inclinado a pensar eles como pensa sobre as pessoas, bem miscigenados, bem distintos, bem diferentes uns dos outros. Mas isso nunca seria o bastante para o Sr. Hamilton. De acordo com ele, cada trabalho artístico deve ser considerado em partes, e essas partes devem ser nomeadas e numeradas, divididas e subdivididas, dando a elas ordem de precedência, como os órgãos internos de um sapo. Assim, aprendemos como juntá-las novamente – ou seja, de acordo com Sr. Hamilton, aprendemos como escrever. Há a complicação, o nó principal, e a explicação; os métodos indutivos e dedutivos; a sinética e a estática; o direto e o indireto com subdivisões dos mesmos; conotação, anotação, equação pessoal e denotação; sequência lógica e sucessão cronológica – todas, partes do sapo, capazes de mais dissecação. Pegue o caso da "ênfase" por si só. Há onze tipos de ênfase. Ênfase por posição terminal, por posição inicial, por pausa, por proporção direta, por proporção inversa, por repetição, por antítese, por surpresa e por suspense – você já está cansado? Então imagine os americanos. Eles escreveram uma história onze vezes mais, com um diferente tipo de ênfase em cada uma. Realmente, o livro do Sr. Hamilton nos ensina um bocado sobre os americanos.

Ainda assim, como o Sr. Hamilton desconfortavelmente percebe de vez em quando, você pode dissecar seu sapo, mas não pode fazê-lo pular; infelizmente, há uma coisa chamada vida. São dadas direções para transmitir vida à ficção, como "treine rigorosamente para nunca se entediar", e cultivar "uma vívida curiosidade e imediata simpatia". Mas é evidente que o Sr. Hamilton não gosta de vida, e, com um museu metódico como o dele, quem pode culpá-lo? Ele acha a vida muito problemática, e, se você vir a considerar, um tanto desnecessária; pois, afinal de contas, há livros. Mas, a visão de vida do Sr. Hamilton é tão esclarecedora que deve ser emitida em suas próprias palavras:

Talvez no mundo real nós nunca deveríamos nos incomodar em conversar com iletrados provincianos; e mesmo assim, não consideramos perda de tempo e energia encontrá-los nas páginas de *Middlemarch*[2]. De minha parte, tenho sempre evitado encontrar na vida real, os tipos de pessoas que aparecem em *A Feira das Vaidades*, de Thackeray; e ainda, acho não só interessante mas proveitoso aliar-se a eles através de toda a extensão de um romance tão longo.

"Iletrados provincianos" – "interessante mas proveitoso" – "perda de tempo e energia" – agora, depois de muito peregrinar e trabalhar duro, nós estamos, finalmente, no caminho certo. Por muito tempo, parecia que nada poderia recompensar o povo americano por ter escrito onze temas sobre os onze tipos de ênfases. Mas agora, percebemos vagamente que há algo a ser ganho pelo flagelo diário da mente exausta. Não é um título; não é nada a ver com prazer ou literatura; mas parece que o Sr. Hamilton, e seu diligente bando, veem longe no horizonte um

---

[2] Referência ao romance *Middlemarch: A Study of Provincial Life*, da escritora inglesa George Eliot (pseudônimo de Mary Anne Evans, 1819-80).

círculo de iluminação superior, o qual alcançarão apenas se continuarem lendo. Cada livro arruinado é um marco avançado. Livros em línguas estrangeiras valem o dobro. E um livro como esse, da natureza de uma dissertação a ser enviada ao examinador supremo, que pode ser até mesmo o fantasma de Matthew Arnold[3]. Será Sr. Hamilton aceito? Terão coração para rejeitar alguém tão intenso, insípido, digno e ofegante? Ai de mim! Veja essas citações; considere os comentários dele acerca:

"O murmurinho de inumeráveis abelhas."... A palavra inumerável, que denota ao intelecto meramente "incapaz de ser numerado", é, nessa conexão, formulada para sugerir aos sentidos o murmúrio das abelhas.

O garoto inocente do interior poderia ter dito mais que isso a ele. Não é necessário citar o que ele diz sobre "janelas mágicas" e "parcialidade do esquecimento". Não há, até a página 208, uma definição de estilo?

Não; Sr. Hamilton nunca será aceito; ele e seus discípulos trabalharão para sempre na areia do deserto, e o círculo de iluminação irá, presumimos, extinguir-se no horizonte deles. Depois de escrever a frase acima, é curioso perceber o quão descarado é, no âmbito da literatura, um completo esnobe.

---

[3] Matthew Arnold (1822-88) foi um poeta e crítico britânico, um dos mais importantes no que se refere à Inglaterra Vitoriana.

A Vida e o Romancista

New York Herald Tribune,
7 de novembro de 1926.

O romancista – esta é sua distinção e sua ameaça – é terrivelmente exposto à vida. Outros artistas – ao menos parcialmente – abstêm-se. Eles se fecham em si mesmos por semanas, com um prato de maçãs e uma paleta de tintas, ou um rolo de pianola e um piano. Quando aparecem é para esquecer e distraírem-se. Mas o romancista nunca esquece e raramente é distraído. Ele enche o copo e acende o cigarro, supostamente aproveita todos os prazeres da conversa à mesa, mas sempre com um sentido de que está sendo estimulado e tocado pela matéria da sua arte. Gosto, som, movimento, umas palavras aqui, um gesto ali, um homem entrando, uma mulher saindo, até mesmo o automóvel que passa na rua ou o mendigo que se movimenta pela calçada, todos os vermelhos e azuis, luzes e sombras do cenário chamam a atenção dele e despertam sua curiosidade. Ele não pode deixar de colher impressões tanto quanto um peixe, no meio do oceano, pode deixar de fazer a água correr pelas suas guelras.

Mas, se essa sensibilidade é uma das exigências na vida do romancista, é fato que todos os escritores, cujos livros sobreviveram, souberam dominá-la e fazê-la servir a seus propósitos. Eles tomaram o vinho, pagaram a conta e saíram, sozinhos, para algum cômodo ermo onde, com esforço e hesitação, em agonia (como Flaubert), luta e pressa, tumultuosamente (como Dostoiévski), dominaram suas percepções, fortalecendo-as e transformando-as nos tecidos de sua arte.

O processo de seleção é tão drástico que, no final, raramente encontramos vestígios da cena real em que o capítulo foi baseado. Pois naquele cômodo ermo, cuja porta os críticos estão sempre tentando destrancar, processos estranhos acontecem. A vida é submetida a milhares de métodos e exercícios. É controlada; é morta. É misturada com isso, enrijecida com aquilo, contrastada com esse outro; então, quando chegamos na cena em um café, um ano depois, as placas daquele que lembrávamos desapareceram. Emerge da neblina algo desolador, formidável e duradouro, o cerne e substância sobre os quais nosso ímpeto de emoção ambígua foi estabelecido.

Desses dois processos, o primeiro – de receber impressões – é indubitavelmente o mais fácil, simples e aprazível. E é bem possível, desde que alguém seja dotado de um temperamento receptivo e um vocabulário rico o suficiente para satisfazer as exigências, construir um livro apenas dessa emoção preliminar. Três quartos dos romances que surgem diariamente são inventados da experiência onde nenhuma disciplina, exceto a moderada restrição da gramática e o ocasional rigor da divisão de capítulos, foi aplicada. Seria *A Deputy Was King*[1], de senhorita Stern, outro exemplo dessa classe de escrita? Teria ela pego seu material e levado consigo na solidão, ou nem um nem outro, mas uma mistura incongruente de leve e pesado, transitório e rígido?

A Deputy Was King continua a história da família Rakonitz que foi iniciada anos antes em *The Matriarch*. É uma reaparição bem-vinda, pois os Rakonitz são uma família cosmopolita e privilegiada, com a admirável qualidade, tão rara agora na ficção inglesa, de não pertencer a uma seita particular. Nenhuma fronteira paroquial os limita. Eles ocupam o continente. Podem ser encontrados na Itália e na Áustria, em Paris ou na Boêmia. Hospedam-se temporariamente em algum estúdio londrino, não se condenam, assim, a sempre usar os trajes de Chelsea, Bloomsbury ou Kensington. Abundantemente nutridos com uma dieta de ricas carnes e vinhos raros, extravagantemente vestidos, invejavelmente, embora

---
[1] Romance da inglesa Gladys Bronwyn Stern, publicado em 1926.

inexplicavelmente, jorrando dinheiro, nenhuma convenção ou restrição de classe recaem sobre eles, se isentarmos o ano de 1921; é essencial que estejam atualizados. Dançam, casam, vivem com esse ou aquele outro homem; relaxam sob o sol italiano. Transitam entre as casas e estúdios uns dos outros, fofocando, discutindo e se reconciliando novamente. Pois, afinal, além das imposições da moda, mentem, consciente ou inconscientemente, sob o vínculo da família. Têm aquela perseverança judia do afeto em que as dificuldades comuns foram geradas em uma raça de párias. Sendo assim, apesar de seu gregarismo superficial, no fundo são essencialmente leais uns com os outros. Toni, Val e Loraine podem brigar e despedaçarem-se publicamente, mas no privado as mulheres Rakonitz são indissoluvelmente unidas. O presente fragmento da história da família, que embora introduza os Goddards e relate o casamento de Toni e Gilles Goddard, é de fato a história de uma família – e não de um episódio ou pausas no tempo presumivelmente – em uma vila italiana abastecida com dezessete quartos, de modo que os tios, tias e primos possam todos se hospedar ali. Pois Toni Goddard, com todo seu estilo e modernidade, preferiria abrigar tios e tias do que entreter imperadores, e um primo de segundo grau que não via desde criança é um prêmio superior a rubis.

Certamente um bom romance pode ser feito a partir desses materiais – isso é o que alguém se pega falando, antes de centenas de páginas serem finalizadas. E essa voz, que não é completamente nossa, mas a voz daquele espírito dissidente que pode se desprender e roubar uma fala enquanto lemos, deveria ser questionada imediatamente, ou suas insinuações irão estragar todo o prazer. O que ela quer dizer, então, insinuando esse sentimento duvidoso e invejoso no meio de nosso bem-estar geral? Até então, nada interferiu na nossa fruição. Na ausência de ser um próprio Rakonitz, de realmente participar de uma dessas "noites diamantadas", dançando, bebendo, flertando com a neve sobre os telhados e o gramofone zurrando 'It's moonlight in Kalua', longe de ver Betty e Colin "avançando de forma ligeiramente grotesca... em trajes completos; o veludo espalhado como uma grande taça invertida ao redor dos pés de Betty, enquanto ela andava sobre a pura e brilhante faixa de neve, o absurdo emaranhado de plumas no elmo de Colin" – longe de conceber todo esse brilho e fantasia com os próprios dedos e polegares, o que é melhor que o relato da senhorita Sterne?

A voz hesitante irá dizer que tudo isso é muito extraordinário; irá reconhecer que centenas de páginas passaram como uma cerca vista de um trem expresso; mas irá reiterar que para tudo isso algo está errado; um homem pode fugir com uma mulher sem darmos importância. Essa é uma prova de que não há valores. Não há nenhuma forma para essas aparições. Cena se dissolve em cena; indivíduo em indivíduo; pessoas surgem de uma névoa de conversa, e afundam de volta na mesma conversa. São suaves e disformes com as palavras. Não há como agarrá-las.

A acusação tem conteúdo, porque é verdade, quando consideramos que Gilles Goddard pode fugir com Loraine, para nós é como se alguém tivesse se levantado e saído da sala – algo sem importância. Temos deixado nos levar pelas aparências. Toda essa representação do movimento da vida tem esgotado nosso poder de imaginação. Temos nos sentado receptivos e assistido, com nossos próprios olhos ao invés de nossas mentes, como fazemos no cinema, o que se passa na tela na nossa frente. Quando queremos usar algo que aprendemos sobre um dos personagens, para induzi-lo até uma crise, percebemos que não temos garra; não há energia à nossa disposição. Como se vestiam, o que comiam, a gíria que usavam – nós sabemos disso tudo; mas não quem eram. Pois o que sabemos dessas pessoas, nos foi dado (com uma exceção) seguindo os métodos da vida. Os personagens são construídos observando a incoerência, o frescor natural das sequências de uma pessoa que, desejando contar a história da vida de um amigo, em conversa, interrompe milhares de vezes para trazer algo novo, acrescentar algo esquecido, para então no final, embora se possa sentir que esse alguém esteve presente, a vida em questão permanece vaga. Este método de *apenas o essencial*, esta remoção de frases que possuem o esplendor das palavras que moram em lábios reais, é admirável por um lado, desastrosa por outro. Tudo é fluído e ilustrativo; mas nenhum personagem ou situação surgem nitidamente. Partículas de matéria estranha são deixadas coladas nas bordas. Mesmo com toda sua genialidade, as cenas são nubladas; os conflitos são confusos. Uma passagem de descrição irá criar tanto o valor quanto o defeito desse método. A senhorita Sterne quer que notemos a beleza de um casaco chinês.

Olhando para ele, você pode pensar que nunca havia visto um bordado antes, pois isso era o próprio clímax de tudo aquilo que era genial e exótico. As pétalas das flores foram trabalhadas em um padrão flamejante em volta da ampla faixa de bordado de guarda-rios azuis; também foram em volta de cada emblema oval que foi tecido de uma garça prateada de longo bico verde, e um arco-íris atrás de suas asas estendidas. Entre arabescos prateados, borboletas foram delicadamente posicionadas, borboletas douradas, borboletas pretas, borboletas que eram douradas e pretas. Quanto mais perto você olhava, mais havia para ver; marcas complexas nas asas das borboletas, roxo, verde grama e damasco.

Como se já não tivéssemos visto o suficiente, ela ainda acrescenta como haviam pequenos estames brotando de cada flor, e círculos tocando o olho de cada cegonha, até o casaco chinês oscilar diante de nossos olhos e fundir-se em um borrão brilhante.

Esse método aplicado para pessoas tem o mesmo resultado. Qualidade é adicionada à qualidade, fato ao fato. Até deixarmos de discriminar e nosso interesse ser sufocado por uma infinidade de palavras. Pois é válido para cada objeto – casaco ou ser humano – que quanto mais alguém olha, mais há para se ver. A tarefa do escritor é apanhar algo e deixar repousar: uma tarefa de perigo e dificuldade; mas somente assim o leitor é aliviado da torrente e confusão da vida e marcado efetivamente com o aspecto particular que o autor deseja que ele veja. Que a senhorita Sterne tem outras ferramentas à sua disposição, e poderia usá-las se quisesse, é insinuado de vez em quando, e revelado, por um momento, no breve capítulo descrevendo a morte da matriarca, Anastasia Rakonitz. Aqui, de repente, o fluxo das palavras parece escurecer e engrossar. Estamos cientes de algo abaixo da superfície, algo não dito, para nós mesmos encontrarmos e repensarmos. As duas páginas em que somos informados como a velha senhora morreu, pedindo por salsichas de fígado de ganso e um pente de casco de tartaruga, por mais breves que sejam, retêm, ao meu ver, o dobro da essência de quaisquer outras trinta páginas do livro.

Essas observações me trazem de volta para o questionamento com o qual eu comecei: a relação do romancista com a vida e o que isso deveria ser. *A Deputy Was King* prova uma vez mais que ele é terrivelmente exposto à vida. Ele pode sentar, ver a vida e construir seu livro fora de toda essa espuma e efervescência das suas emoções; ou ele pode descansar o copo, retirar-se para seu quarto e sujeitar seu troféu a esses misteriosos processos, através dos quais a vida se torna, como o casaco chinês, capaz de se manter sozinho – uma espécie de milagre impessoal. Mas, em qualquer um dos casos, será encarado por um problema que não aflige na mesma medida os trabalhadores de quaisquer outras artes. Intensamente, clamorosamente, a vida está sempre alegando que ela é o fim adequado à ficção e que, quanto mais ele ver e captar dela, melhor será seu livro. Ela não acrescenta, no entanto, que é odiosamente impura; e que o lado que ela mais ostenta é, muitas vezes, para o romancista, de nenhum valor. Aparência e movimento são as iscas que ela deixa para atrai-lo, como se isso fosse sua essência, e ao mordê-las, atinge seu objetivo. Então, acreditando, ele nada febrilmente em seu rastro, descobre qual foxtrote está sendo tocado na Embaixada, que saia está sendo usada em Bond Street, se aprofunda nas últimas novidades da gíria local, imita com perfeição o último lance do jargão coloquial. Mais do que qualquer coisa, torna-se aterrorizado de ficar para trás no tempo: sua principal preocupação é que a coisa descrita seja fresca e ousada.

Esse tipo de trabalho exige grande destreza e habilidade, satisfazendo um desejo real. Há um interesse em conhecer o exterior da época de alguém, suas roupas, danças e palavreados, e até mesmo um valor, dos quais as aventuras espirituais de um vigário, ou as aspirações de uma generosa professora, solenes como são, carecem em sua maioria. Sendo assim, é possível também reivindicar que para lidar com o salão lotado da vida moderna, a fim de produzir a ilusão da realidade, são necessárias habilidades literárias muito além do que escrever um ensaio acadêmico sobre a poesia de John Donne ou os romances de M. Proust. Então, o romancista, que é um escravo da vida e prepara seus livros fora das futilidades do momento, está fazendo algo difícil, algo que agrada, algo que, se você pensar dessa forma, pode até instruir. Mas seu trabalho passa, como o ano de 1921, como o foxtrote, e no prazo de três anos vai parecer tão deselegante e tolo quanto qualquer outra moda que ficou obsoleta.

Por outro lado, recolher-se à escrivaninha, com medo da vida, é igualmente fatal. É verdade que imitações plausíveis de Addison[2], digamos, podem ser produzidas naquele silêncio, mas elas são tão frágeis e insípidas quanto gesso. Para sobreviver, cada frase deve ter, em sua essência, uma pequena faísca de fogo, e isto a qualquer custo, o romancista deve arrancar das chamas com as próprias mãos. Sua situação então é precária. Deve se expôr à vida; deve arriscar ser enganado pela sua desonestidade; deve apoderar-se da sua riqueza e deixar as sobras esvaírem-se. Mas em certo momento, deve deixar a sua companhia e recolher-se, a sós, naquele quarto misterioso onde seu corpo é fortalecido e moldado continuamente por processos que, se escapam ao crítico, têm por ele tão profunda fascinação.

---

[2] Joseph Addison (1672-1719), dramaturgo, poeta e ensaísta inglês.

Uma mente implacavelmente sensível

New York Herald Tribune,
18 de setembro de 1927.

Os contistas mais notáveis da Inglaterra estão de acordo, diz o Sr. Murry, que como escritora, Katherine Mansfield era *hors concours*. Ninguém a sucedeu e nenhum crítico esteve apto a definir suas qualidades. Mas o leitor de seu diário está bastante satisfeito em deixar tais questões de lado. Não é a qualidade de sua escrita ou o grau de sua fama que nos interessa no diário, mas o espetáculo de uma mente – uma mente implacavelmente sensível – recebendo, uma atrás da outra, impressões aleatórias de oito anos de vida. Seu diário foi um companheiro místico. "Venha meu oculto, meu desconhecido, vamos conversar", ela diz no começo de um novo volume. Nele, ela anotou fatos – o tempo, um compromisso; ela rascunhou cenas; analisou um personagem; descreveu um pombo, um sonho ou uma conversa, nada pode ser mais fragmentado; nada, mais privado. Sentimos que estamos acompanhando uma mente que está sozinha consigo mesma;

uma mente que tem tão pouca intenção de um público, que de vez em quando faz uma abreviação própria, ou, como tende uma mente em sua solidão, dividir-se em duas e conversar entre si. Katherine Mansfield sobre Katherine Mansfield.

Mas conforme as sobras vão se acumulando, nos encontramos dando a elas, ou provavelmente, recebendo da própria Katherine Mansfield, uma direção. De que ponto de vista ela olha para a vida, enquanto se senta, implacavelmente sensível, registrando tantas impressões diversas, uma após a outra? Ela é uma escritora; uma escritora nata. Tudo que ela sente, ouve e vê não é incompleto e separado; se une na escrita. Às vezes, a nota é direcionada para uma história. "Deixe-me lembrar, quando escrever sobre aquele violino, como ele flui suavemente e ginga infeliz; como ele *busca*", ela anota.

Ou, "*Lumbago*. Isso é algo muito excêntrico. Tão repentino, doloroso, tenho que lembrar disso quando escrever sobre um homem idoso. O início ao levantar-se, a pausa, o olhar de fúria, e como, deitado de noite, parece ficar travado"…

Outra vez, o próprio momento de repente alcança importância, e ela traça o esboço como que para preservá-lo. "Está chovendo, mas o ar está leve, esfumaçado, quente. Gotas grandes tamborilam nas folhas lânguidas, as flores de tabaco inclinam-se. Agora há um farfalhar na hera. Wingly surge do jardim ao lado; salta do muro. E delicadamente, levantando as patas, apontando as orelhas, com muito medo da grande onda que irá vencê-lo, ele patina pelo lago de grama verde." A Irmã de Nazaré "mostrando sua pálida gengiva e grandes dentes manchados" pede dinheiro. O cão magro. Tão magro que seu corpo é como "uma gaiola em quatro tacos de madeira", corre pela rua. Em certo sentido, ela sente que o cão magro é a rua. No fim das contas, parece que estamos no meio de histórias inacabadas; aqui está um começo; aqui um fim. Apenas precisam de uma iteração de palavras, jogadas ao redor delas para ficarem completas.

Mas então, o diário é tão íntimo e instintivo que permite que um eu se rompa do outro que escreve e permaneça um pouco distante, observando-o escrever. O eu que escreve era um eu excêntrico; às vezes, nada o motivaria a escrever. "Há tanto a fazer e faço tão pouco. A vida poderia ser quase perfeita aqui se eu sempre trabalhasse quando fingia trabalhar. Veja as histórias que esperam justamente na soleira... *Próximo dia*. Ainda, pegando essa manhã, por exemplo. Não quero escrever nada. Está cinza; pesado e tedioso. Contos parecem irreais e não valem o esforço. Não quero escrever; quero *viver*. O que ela quer dizer com isso? É complicado. Mas aí está você!".

O que ela quer dizer com isso? Ninguém sentiu mais seriamente a importância da escrita do que ela. Em todas as páginas de seu diário, instintivas, breves como são, a atitude em relação ao seu trabalho é admirável, sã, cáustica e austera. Não há fofoca literária; nem vaidade; nenhuma inveja. Embora, durante os últimos anos, ela estivesse ciente do seu sucesso, não faz nenhuma alusão a isso. Seus comentários sobre o próprio trabalho são sempre perspicazes e aviltantes. Suas histórias desejavam riqueza e profundidade; ela estava apenas "deslizando sobre o topo – nada mais". Mas a escrita, a mera expressão das coisas, de forma adequada e sensível, não é suficiente. Isso é construído sobre algo sem expressão; e esse algo deve ser sólido e completo. Sob a pressão desesperadora da crescente doença, ela começou uma pesquisa curiosa e difícil, da qual captamos apenas alguns vislumbres difíceis de interpretar, em busca da clareza necessária se alguém quer escrever sinceramente. "Nada de valor pode vir de um ser desunido", escreveu. Uma pessoa deve ter saúde. Depois de cinco anos de luta, ela desistiu da busca pela saúde física, não em desespero mas porque achava que a doença era da alma e que a cura não estava em algum tratamento físico, mas em algum tipo de "irmandade espiritual", como em Fontainebleau, onde passou os últimos meses de vida. Mas antes de partir, ela escreveu o resumo de sua posição, com o qual termina o diário.

Queria saúde, escreveu; mas o que queria dizer com isso? "Com saúde", escreveu, "quero dizer o poder de levar uma vida repleta, adulta, vívida e verdadeira, em contato íntimo com o que amo – a terra e suas maravilhas – o mar – o sol... então, eu quero *trabalhar*. No quê? Eu quero tanto viver para trabalhar com minhas mãos, meu sentimento e meu cérebro. Quero um jardim, uma casa pequena, grama, animais, livros, fotos, música. E fora isso, a expressão disso, eu quero escrever. (Embora, possa escrever sobre cocheiros. Sem problema.)". O diário termina com as palavras "Tudo está bem". E como ela morreu três meses depois, é tentador pensar que as palavras representavam alguma conclusão em que a doença, e a intensidade de sua natureza, a levaram encontrar, em uma época em que a maioria de nós protelamos pelas aparências e impressões, essas distrações e sensações, que ninguém amou tanto quanto ela.

Fases da Ficção

The Bookman, publicado entre abril,
maio e junho de 1929.

As páginas a seguir tentam registrar impressões deixadas na mente pela leitura sucessiva de um número específico de romances. Ao definir que livro começar e qual continuar, a mente não foi pressionada a escolher. Foi permitido ler o que gostava. Isto é, não foi solicitado ler historicamente, nem criticamente. Foi solicitado apenas ler por prazer e interesse, e, ao mesmo tempo, enquanto lia, comentar sobre a natureza do interesse e prazer encontrados. Assim sendo, seguiu seu caminho, independente do tempo e reputação. Leu-se Trollope antes de Jane Austen e ignorou, por acaso ou negligência, alguns dos livros mais celebrados da ficção inglesa. Deste modo, há pouca ou nenhuma referência a Fielding, Richardson ou Thackeray.

Porém, se ninguém, salvo o historiador confesso e o crítico, lê para compreender um período ou reconsiderar uma reputação, então ninguém lê simplesmente por acaso ou sem uma definitiva escala de valores. Existe, falando metaforicamente, algum esboço, desenhado em nossas mentes, que a leitura traz à tona. Desejos, anseios, o que quer que encontremos, preenchem-no, pontuando nesta ou naquela direção. Portanto, um simples leitor pode, frequentemente, traçar seu curso pela literatura com grande exatidão e até, de vez em quando, se imaginar em posse de um mundo inteiro tão habitável quanto o mundo real. Tal mundo está, mesmo que contrário a isso, sempre em processo de criação. Pode-se acrescentar que, novamente contrário, tal mundo particular, um mundo limitado e inabitável, talvez, por outras pessoas, um mundo criado em obediência aos gostos que podem ser peculiares para um temperamento e desagradáveis para outro – certamente, qualquer registro de leitura, conclui-se, está fadado a ser limitado, pessoal e errático.

Contudo, em sua defesa, pode-se afirmar que se o crítico e o historiador falam uma língua mais universal, mais culta, também estão propensos a errar o ponto e se perderem pela simples razão que, sabem tantas coisas sobre o autor, que o mesmo não sabe de si. Ouvimos escritores reclamar que influências – educação, hereditariedade, teoria – pesam no que eles mesmos não estão cientes no ato da criação. O autor em questão é filho de um arquiteto ou de um pedreiro? Foi educado em casa ou na universidade? Veio antes ou depois de Thomas Hardy? Mas, talvez, nenhuma dessas perguntas esteja em sua mente enquanto ele escreve, e a ignorância do leitor, restritiva como é, ao menos tem a vantagem de não prejudicar o que ele tem em comum com o autor, ainda que muito mais debilmente: o desejo de criar.

Aqui, então, muito brevemente e com simplificações inevitáveis, é feita uma tentativa de mostrar a mente a trabalho em uma estante cheia de romances e observá-la enquanto escolhe e rejeita, fazendo de si um abrigo de acordo com seus próprios anseios. Desses, talvez, o mais simples é o desejo de acreditar, por completo, em algo que é fictício. Por sua vez, esse anseio leva todos os outros. Não há como dizer que um é melhor que o outro, pois eles mudam muito em épocas diferentes. Além disso, o leitor comum desconfia de rótulos e hierarquias estabelecidas. Mas, como precisa haver um impulso inicial, vamos dar vez a ele e começar naquela prateleira cheia de romances, com a intenção de satisfazer nosso desejo de crer.

Os verídicos

Na ficção inglesa há escritores que satisfazem nossa noção de crença – Defoe, Swift, Trollope, Borrow, W.E. Norris, por exemplo; entre os franceses, pensa-se, instantaneamente, em Maupassant. Cada um deles nos garante que as coisas são exatamente como eles dizem que são. Na verdade, o que descrevem acontece diante dos nossos olhos. Dos romances, tiramos o mesmo tipo de vigor e prazer que sentimos ao olhar algo real que acontece lá fora, na rua. Um catador, por exemplo, por um movimento desajeitado de seu braço, derruba uma garrafa aparentemente de *Condy's Fluid*, que quebra sobre a calçada. Se abaixa; recolhe os cacos da garrafa quebrada; vira-se para um transeunte. Não podemos tirar nossos olhos dele, até que tenhamos satisfeito totalmente nosso poder de crença. É como se uma canaleta fosse cortada, na qual repentinamente e com grande alívio, uma emoção até aqui contida precipita-se e derrama. Esquecemos de qualquer outra coisa que estejamos fazendo. Essa experiência positiva sobrepõe todos os sentimentos contraditórios e ambíguos que possamos ter conservado até o momento. O catador derrubou uma garrafa; a mancha vermelha está se espalhando pela calçada. Acontece precisamente assim.

Os romances dos grandes verídicos, dos quais Defoe é facilmente o comandante inglês, trazem para nós esse tipo de tonificação. Ele nos conta a história de Moll Flanders, de Robinson Crusoé, de Roxana, e sentimos nossos poderes de crença precipitarem-se instantaneamente pela canaleta cortada, fertilizando e tonificando todo nosso ser. Crer parece o maior dos prazeres. É impossível fartar nossa voracidade pela verdade, de tão ávida que é. Em todo livro, não há uma palavra sombria ou insatisfatória para abalar nosso senso impaciente de segurança. Três ou quatro traços fortes e diretos de pena modelam a personagem de Roxana. Seu jantar é montado incontestavelmente na mesa. Consiste em vitela e nabos. O dia está ensolarado ou nublado; o mês é abril ou setembro. Insistentemente, de forma natural, com uma curiosa, quase inconsciente iteração, a ênfase é colocada sobre os próprios fatos que mais nos tranquilizam da estabilidade da vida real, sobre dinheiro, mobília, comida, até que pareçamos entalados entre sólidos objetos em um sólido universo.

Um elemento da nossa alegria vem da noção de que este mundo, com toda sua circunstancialidade, brilhante, redondo e rígido como é, ainda é completo, sendo assim, em qualquer direção que formos atrás de conforto, encontraremos. Se persistirmos, além dos limites de cada página, como é do nosso instinto fazer, completando o que o escritor deixou sem dizer, descobriremos que podemos encontrar nosso próprio caminho; que há indícios que nos permitem compreendê-los; há um lado inferior, um lado sombrio para esse mundo. Defoe presidiu seu universo com a onipotência de um Deus, tanto que seu mundo está em escala perfeita. Nada é tão grande que torne outra coisa tão pequena; nada tão pequeno que torne outra tão grande.

O nome de Deus é, frequentemente, encontrado nos lábios de seu povo, mas invocam uma deidade apenas um pouco menos substancial do que eles mesmos são, um ser sentado firmemente, não muito acima deles, na copa das árvores. Uma divindade mais mística, pudesse Defoe nos fazer crer nela, teria desacreditado esse cenário e lançado dúvida sobre a substância dos homens e mulheres, que nossa crença neles findaria por completo. Ou, suponhamos que ele tenha deixado demorar-se sobre os tons verdes das profundezas da floresta ou sobre o vidro deslizante da correnteza de verão. Mais uma vez, por mais que a descrição tenha nos deixado maravilhados, deveríamos nos sentir desconfortáveis, porque essa outra realidade teria prejudicado aquela imensa e monumental de Crusoé e Moll Flanders. Assim sendo, saturada com a verdade de seu próprio universo, tamanha discrepância está permitida a se intrometer. Deus, homem e natureza, são todos reais, e o são com o mesmo tipo de realidade – um feito surpreendente, uma vez que implica, por parte do escritor, completa e perpétua submissão a favor de suas convicções, uma surdez obstinada a todas as vozes que o seduzem e o tentam para satisfazer outros ânimos. Temos apenas que refletir quão raramente um livro é empreendido no mesmo impulso da crença, a fim de ter sua perspectiva completamente harmoniosa, para percebermos como Defoe era um grande escritor. Alguém poderia contar nos dedos meia dúzia de romances que tentaram ser obras-primas e falharam, porque as crenças esmorecem; as realidades estão misturadas; a perspectiva muda e, ao invés de um clareza conclusiva, obtemos uma desconcertante, quem dera momentânea, confusão.

Tendo, agora, esbanjado ao máximo nossos poderes de crença e desfrutado o alívio e descanso desse mundo positivo, que existe tão palpavelmente, e completamente fora de nós, começa a vir-nos aquele afrouxamento da atenção, que significa que os nervos em uso estão, por enquanto, saciados. Absorvemos o tanto quanto podemos dessa verdade literal e começamos a almejar algo que irá diversificá-la, de forma que ainda estará em harmonia consigo mesma. Não queremos, exceto em um lampejo ou alusão, tal verdade como Roxana nos oferece quando nos diz como seu senhor, o príncipe, sentava ao lado de seu filho e "adorava olhar para ele enquanto estava adormecido". Pois essa verdade é a verdade escondida; nos faz mergulhar abaixo da superfície para percebê-la, assim sustenta-se a ação. Então, é ação que queremos. Tendo um desejo se esgotado, outro salta adiante para assumir o fardo e tão logo formulamos nosso próprio desejo, Defoe concede-o para nós. "Adiante com a história" - esse grito estará para sempre em seus lábios. Mal juntou suas verdades, o fardo emergiu. Florescendo perpetuamente, fresco e sem esforço, ação e evento, sucedendo uns aos outros rapidamente e assim iniciando esse denso acúmulo de verdades, deixando a brisa soprando em nossos rostos. Então, torna-se óbvio que, se o seu povo está parcamente equipado e desprovido de certos afetos como o amor de marido e filho, que esperamos das pessoas por conveniência, é para que possam se mover rapidamente. Devem viajar sem peso pois foram feitos para a aventura. Na estrada que hão de percorrer, precisarão de raciocínio rápido, músculos fortes e senso comum firme ao invés de sentimento, reflexão ou poder de autoanálise.

Então, a crença é completamente satisfeita por Defoe. O leitor, aqui, pode descansar e tornar-se detentor de grande parte de seu domínio. Ele testa; prova; não sente nada ceder ou desaparecer diante de si. A crença, porém, procura amparo como quem dorme procura um lado fresco do travesseiro. Ele pode recorrer, e isso é provável, a alguém mais próximo de seu tempo, ao invés de Defoe, para satisfazer seu desejo por crença (pois a disparidade do tempo em um romance cria o pitoresco, consequentemente a infamiliaridade). Se ele retirar, por exemplo, um livro de um prolífico e certa vez respeitado romancista, como W. E. Norris, irá descobrir que a justaposição dos dois livros destaca um ao outro nitidamente.

W. E. Norris foi um escritor diligente, que vale a pena separar para pesquisa ao menos porque representa aquele vasto corpo de romancistas esquecidos, cuja ficção laboriosa é mantida viva na ausência dos grandes mestres. A princípio, parecemos ter recebido tudo que precisamos: meninas e meninos, críquete, tiro, dança, canoagem, sexo, casamento; um parque aqui; uma sala de visitas londrina ali; aqui, um cavalheiro inglês; ali, um imbecil; jantares, chás, galopadas; e, atrás de tudo, os campos e mansões da Inglaterra, verdes e cinzas, domésticos e veneráveis. Então, lá pelo meio do livro, conforme uma cena sucede a outra, parecemos ter muito mais crença em nossas mãos do que sabemos o que fazer com ela. Esgotamos a vivacidade do jargão; a modernidade, a brusca mudança de tom. Perdemos tempo no limiar da cena, pedindo para sermos autorizados a pressionar um pouco além; pegamos uma frase, e olhamos para ela como se devesse nos dar mais. Então, tirando nossos olhos dos personagens principais, tentamos esboçar algo no fundo, buscar esses sentimentos e relações longe do momento presente; não é necessário dizer, visando descobrir alguma concepção abrangente, algo que podemos chamar de "uma leitura de vida". Não, nosso desejo é outro: alguma sombra de profundidade apropriada para a maioria das figuras. Alguma Providência tal como Defoe proporciona, ou moralidade que sugere, para que possamos ir além da própria época sem cair no despropósito.

Então, descobrimos ser a marca de um escritor de segunda classe não conseguir pausar aqui ou sugerir ali. Todos os seus poderes são contidos a manter a cena diante de nós, seu brilho e sua credibilidade. A superfície é tudo; não há nada além.

Contudo, nossa capacidade de crença não está nem um pouco esgotada. É apenas questão de encontrar algo que irá reavivá-la para nós. Nem Shakespeare, Shelley ou Hardy; talvez Trollope, Swift, Maupassant. Acima de todos, Maupassant é o mais promissor no momento, pois desfruta da grande vantagem que é escrever em francês. Não de um mérito qualquer, ele nos dá aquele pequeno estímulo que ganhamos ao lermos uma língua cujas extremidades não foram suavizadas para nós no uso diário. As próprias frases se moldam de uma forma que é definitivamente encantadora. As palavras formigam e brilham. Quanto ao inglês, ora pois, é a *nossa* língua – gasta, talvez, não tão desejável.

Além disso, cada uma dessas pequenas e compactas histórias tem sua pitada de pólvora, engenhosamente colocada para explodir quando pisarmos em seu rastro. As últimas palavras estão sempre altamente carregadas. Lá vão elas, *bang*, em nossas caras, iluminando para nós, em um inexorável clarão, alguém com a mão erguida, alguém zombando, alguém dando as costas, alguém pegando um ônibus, como se essa insignificante ação, qualquer que seja, sintetizasse, para sempre, toda a situação.

A realidade que Maupassant nos entrega é sempre única de corpo, de sentidos – o físico desenvolvido de uma jovem criada, por exemplo, ou a suculência da comida. *'Elle restait inerte, ne sentant plus son corps, et l'esprit disperse, comme si quelqu'un l'eut d'echiquete avec un de ces instruments dont se servent les cardeurs pour effiloquer la laine des matelas.'* Ou suas lágrimas ressecadas sobre as bochechas *'comme des gouttes d'eau sur du fer rouge'*. Tudo está concreto; tudo está visualizado. É um mundo, portanto, no qual alguém pode acreditar com os próprios olhos, próprio nariz e próprios sentidos; entretanto, é um mundo que esconde, perpetuamente, uma pequena gota de amargura. Isso é tudo? E se for, é suficiente? Devemos, então, acreditar nisso? Assim questionamos. Agora que nos foi dada a verdade sem adornos, uma sensação enfadonha parece se unir a ela, que devemos analisar antes de seguirmos adiante.

Supondo que uma das condições das coisas, como elas são, é serem desagradáveis, temos força suficiente para sustentar essa desagradabilidade em benefício da satisfação de crer nela? De algum modo, não ficamos chocados com as *Viagens de Gulliver*, *Boule de suif* e *La Maison Tellier*? Não devemos sempre tentar contornar o obstáculo de fealdade, dizendo que Maupassant e seus semelhantes são mesquinhos, cínicos e sem imaginação quando, na verdade, é sua autenticidade que ressentimos – o fato de que as sanguessugas sugam as pernas nuas das jovens criadas, de que há prostíbulos, de que a natureza humana é, fundamentalmente, fria, egoísta e corrupta? Esse desconforto na desagradabilidade da verdade é uma das primeiras coisas que, ligeiramente, estremecem nosso desejo de crença. Talvez, nosso sangue anglo-saxão tenha nos concedido um instinto de que a verdade é, se não exatamente bela, ao menos agradável ou virtuosa de contemplar. Mas, vamos olhar uma vez mais para a verdade, e, dessa vez, pelos olhos de Anthony Trollope, "um grande, vociferante, de óculos e espalhafatoso caçador barulhento... cuja linguagem na sociedade masculina era, acredito, tão escabrosa que não me foi permitido um café da manhã com ele... que cavalgava pelo país, implementando *penny posts,* e escrevia, conforme a história, tantos milhões de palavras antes do café da manhã de cada dia da sua vida."

Certamente, os romances de Barchester dizem a verdade, e a verdade inglesa, à primeira vista, é quase tão frugal quanto a verdade francesa, embora com uma diferença. O Sr. Slope é um hipócrita, com um "jeito estúpido, descuidado consigo mesmo". A Sra. Proudie é uma valentona autoritária. O Arcediago é bem intencionado, porém vulgar e grosseiro. Graças ao vigor do autor, o mundo, em que estes são os habitantes mais proeminentes, passa por sua ladainha diária de gerar e alimentar filhos, de adoração, com uma minúcia, um gosto, que não nos dá oportunidade de fuga. Acreditamos em Barchester assim como acreditamos na realidade de nossas contas semanais. Tampouco, na verdade, desejamos escapar das consequências de nossas crenças, pois a verdade dos Slopes e dos Proudies, a verdade da festa de fim de tarde onde a Senhora Proudie tem seu vestido arrancado das costas, sob a luz de onze lamparinas, é totalmente aceitável.

No auge de sua disposição Trollope é um grande, se não excelente, romancista, e essa disposição veio quando ele conduziu rigorosamente sua caneta em busca dos caprichos da vida provinciana e registrou, sem crueldade mas com vigoroso e genuíno senso comum, os retratos daqueles homens e mulheres bem alimentados, vestidos sobriamente, sem imaginação, dos anos cinquenta. Em sua abordagem a eles, e esta é marcante, há uma perspicácia admirável, como a de um médico familiar ou advogado acostumados demais com as aflições humanas para julgá-los sem ser de forma tolerante, não acima da fraqueza humana de gostar de uma pessoa mais que da outra sem motivo aparente. De fato, embora ele se esforce para ser rigoroso, e está no seu melhor quando o faz, não poderia manter-se indiferente, deixando-nos saber que amava a bela garota e odiava o charlatão ensebado tão veementemente, que é apenas com uma boa puxada nas rédeas que permanece em equilíbrio. É uma festa de família que ele preside, e o leitor, que torna-se com o passar do tempo um dos maiores comparsas de Trollope, senta-se ao lado direito. Sua relação se torna confidencial.

Tudo isso, é claro, complica o que era suficientemente simples em Defoe e Maupassant. Lá, éramos convidados, simples e claramente, a crer. Aqui, somos convidados a crer por intermédio do temperamento de Trollope, assim, uma segunda relação é iniciada, que se nos diverte, também nos distrai. A verdade não é mais tão verdadeira. A verdade nua e crua, que parece repousar diante de nós, revelada em *As Viagens de Gulliver, Moll Flanders e La Maison Tellier,* é ornamentada com um bordado encantador. Mas não é desse atraente embelezamento da personalidade de Trollope que vem a mazela, que por fim prova-se fatal para a grande, significativa, bem fundamentada e autêntica verdade dos romances de Barchester. A própria verdade, por mais desagradável, é sempre interessante. Mas, infelizmente, as condições da narrativa são hostis; exigem que cena seguirá cena; que uma festa será apoiada por outra festa, uma paróquia por outra paróquia; que tudo será do mesmo calibre; que os mesmos valores prevalecerão. Se aqui nos contarem que o palácio era iluminado a gás, precisam dizer que o solar era fiel à lamparina. Mas o que acontecerá se no processo de solidificar o corpo inteiro de sua história, o romancista se encontrar esgotado de verdades ou abatido em sua obra? Deve então prosseguir? Sim, pois a história tem que ser finalizada: a trama descoberta, o culpado punido, os amantes casados no final. Portanto, o registro se torna, às vezes, apenas uma crônica. A verdade esvai-se em um inventário vulnerável. Sentimos que seria melhor deixar um vazio ou mesmo ultrajar nossa noção de probabilidade do que encher as rachaduras com essa substância improvisada: o lado errado da verdade é um tecido opaco e desgastado, intocado pelas águas da imaginação e ressequido. Mas o romance publicou suas ordens: eu consisto, disse, na média de trinta capítulos; e quem sou eu - parecemos ouvir o sagaz e humilde Trollope perguntar, com seu habitual bom senso – para desobedecer o romance? E ele, virilmente, nos fornece improvisos.

Então, se levarmos em conta o que conseguimos dos verídicos, descobrimos que é um mundo onde nossa atenção está sempre sendo atraída para coisas que podem ser vistas, tocadas e experimentadas, a fim de obtermos uma forte noção da realidade de nossa existência física. Tendo, assim, estabelecido nossa crença, simultaneamente os verídicos inventam que essa solidez deve ser quebrada antes que se torne opressiva pela ação. Eventos acontecem; coincidências complicam a história banal. Mas seus interesses estão em conciliar um ao outro, são extremamente cuidadosos para não desacreditá-los ou, de modo algum, alterar a ênfase, fazendo seus personagens diferentes de tais pessoas que naturalmente se expressam ao máximo em carreiras ativas e ousadas. Novamente, mantém os três grandes poderes que dominam a ficção – Deus, Natureza e Homem - em relação estável para que olhemos para um mundo na perspectiva adequada; onde, além disso, as coisas se mantenham válidas não apenas aqui, no momento, diante de nós, mas ali, atrás daquela árvore ou entre aqueles desconhecidos, distantes, na sombra atrás daquelas colinas. Ao mesmo tempo, a narrativa da verdade implica desagradabilidade. É uma parte da verdade – o ferrão e sua ponta. Não podemos negar que Swift, Defoe e Maupassant nos convencem de que alcançam uma maior profundidade em sua fealdade do que Trollope em sua simpatia. Por essa razão, a narrativa da verdade facilmente desloca um pouco para o lado e torna-se satírica. Caminha junto ao acontecimento e o imita, como uma sombra que está um pouco mais encurvada e angular do que o objeto que a projeta. No entanto, em seu estado perfeito, quando podemos acreditar absolutamente, nossa satisfação fica completa. Então, podemos dizer que embora outros estados possam existir, sendo melhores ou mais exaltados, não há nenhum que torne isso desnecessário, nenhum que a coloque de lado. Mas a narrativa da verdade carrega em seu peito uma fraqueza que é aparente nas obras de escritores menores ou nos próprios mestres, quando exaustos. A narrativa da verdade está sujeita a degenerar em um registro superficial de fatos, a repetição do discurso de que foi na quarta-feira que o Vigário presidiu o encontro de mães, que a Sra. Brown e a Srta. Dobson frequentemente compareciam em sua carruagem de pônei, um discurso que, como o leitor é rápido a perceber, nada tem de verdadeiro além de uma respeitável aparência.

Por fim, levando em conta o registro superficial de fatos, a carência de metáfora, a simplicidade da linguagem e o fato de crermos mais quando a verdade é mais dolorosa para nós, não é estranho que nos tornemos cientes de outro desejo brotando espontaneamente e penetrando nas fendas que os grandes monumentos dos verídicos, inevitavelmente, usam sobre suas bases sólidas. Um desejo por distância, música, sombra e espaço toma conta de nós. O catador recolheu sua garrafa quebrada; atravessou a rua; começa a perder definição e solidez ali no entardecer do crepúsculo.

Os Românticos

"Era uma manhã de novembro, as falésias que ignoravam o oceano estavam suspensas com uma névoa grossa e cerrada, quando os portões da antiga torre em ruínas, na qual Lorde Ravenswood passara os últimos e conturbados anos de sua vida, se abriram. Que seus restos mortais sigam adiante, para uma morada ainda mais triste e solitária."

Nenhuma mudança poderia estar mais completa. O catador tornou-se um Lorde; o presente tornou-se passado; o familiar discurso Anglo-saxão tornou-se Latim e mais silábico; ao invés de potes e panelas, bocas a gás e carruagens aconchegantes, temos uma torre em ruínas e falésias, o oceano e novembro, cerrados em névoa. Esse passado e essa ruína, esse lorde e esse outono, esse oceano e essa falésia são tão encantadores para nós quanto a mudança de um quarto próximo e vozes são para a noite e o ar livre. A curiosa suavidade e desolação de *Bride of Lammermoor*, a atmosfera da decadente charneca e respingos de ondas, a escuridão e a distância parecem realmente juntar-se a essa outra cena mais fiel, que ainda guardamos na mente, dando-lhe completude. Depois daquela tempestade, essa paz, depois daquele clarão, essa brisa. Os verídicos tinham, ao que parece, muito pouco amor pela natureza. Usavam-na, quase que inteiramente, como um obstáculo a ser superado ou um plano de fundo a ser preenchido, não esteticamente para contemplação ou qualquer papel que possa ter nos assuntos de seus personagens. Afinal, a cidade era seu refúgio natural. Mas vamos compará-los em qualidades mais essenciais: seu tratamento às pessoas. Lá vem em nossa direção uma garota tropeçando levemente, apoiando-se no braço do pai:

.... "Os atributos primorosamente belos, ainda que um tanto púberes, de Lucy Ashton, foram formados para expressar tranquilidade, serenidade e indiferença às trivialidades do prazer mundano. Seus cachos, que eram de um dourado escuro, divididos em uma fronte de intensa brancura, como o clarão de uma débil e pálida luz do sol sobre uma falésia de neve. A expressão do semblante era, em último caso, delicado, suave, tímido e feminino, parecia mais encolher diante do olhar mais casual de um estranho do que cortejar sua admiração."

Ninguém poderia assemelhar-se menos a Moll Flanders ou Sra. Proudie. Lucy Ashton é incapaz de ação ou de autocontrole. O touro vem e ela se afunda no chão; o trovão estronda e ela desfalece. Vacila a mais estranha linguagenzinha de cerimônia e polidez, "Oh, se um homem você for, se um cavalheiro você for, ajude-me a encontrar meu pai". Pode-se dizer que ela não tem nenhuma personalidade, exceto a tradicional; para seu pai, filial; para seu amado, modesta; para o pobre, benevolente. Comparada a Moll Flanders, ela é uma boneca com serragem nas veias e cera nas bochechas. No entanto, lemos o livro a fundo e tornamo-nos familiarizados com suas proporções. Finalmente, chegamos a ver que qualquer coisa mais individual, excêntrica ou marcante daria ênfase onde não queremos. Esse espectro afilado paira sobre a paisagem e é parte dela. Lucy e Edgar Ravenswood são necessários para sustentar esse mundo romântico com suas formas naturais, para afivelá-lo ao redor com aquele tema de amor infeliz, necessário para segurar todo o resto. Mas o mundo que afivelam tem suas próprias leis. Omite e elimina não menos drasticamente do que o outro. Por um lado, temos sentimentos de máxima exaltação – amor, ódio, inveja, remorso; por outro, robustez e simplicidade ao extremo. A retórica dos Ashtons e Ravenswoods é completada pelo humor dos camponeses e tagarelice das aldeãs. O verdadeiro romântico pode nos balançar da terra ao céu; e o grande mestre da ficção romântica, que é, indubitavelmente, Sir Walter Scott, usa sua liberdade ao máximo. Ao mesmo tempo, rebatemos sobre essa melancolia que ele suscitou, como em *Bride of Lammermoor*. Rimos de nós mesmos por termos sido tão comovidos por um mecanismo tão absurdo. Contudo, antes de atribuirmos esse defeito ao próprio romance, devemos considerar se a culpa não é de Scott. Esse homem pouco disposto era bastante capaz, quando lhe apetecia, de preencher um capítulo ou dois ali mesmo, convencionalmente, de uma fonte de frases jornalísticas e vazias que, por todo o charme que possam ter, deixam a frouxa atenção ceder ainda mais.

Descuido nunca foi colocado a cargo de Robert Louis Stevenson. Ele era cuidadoso, cuidadoso até demais – um homem que combinava a mais estranha psicologia de um garoto com a extrema sofisticação de um artista. Contudo, obedeceu, de forma não menos implícita que Walter Scott, às regras do romance. Posiciona a sua cena no passado; está sempre colocando seus personagens na ponta da espada, junto a alguma aventura audaciosa; coroa sua tragédia com humor singelo. Nem pode haver qualquer dúvida de que sua consciência e seriedade como escritor o mantiveram em boa posição. Pegue qualquer página de *The Master of Ballantrae*, ainda suporta as marcas do tempo; mas o tecido de *Bride of Lammermoor* está cheio de buracos e remendos; é improvisado, atabalhoado; arremetido de forma apressada. Aqui, em Stevenson, o romance é levado a sério e concedido todas as vantagens da mais refinada arte literária, com o resultado que nunca somos deixados a considerar que essa é uma situação absurda, ou refletir que não temos mais emoções para atender à demanda que nos foi feita. Pelo contrário, obtemos uma história sólida e crível, que nem por um segundo nos trai, mas que é corroborada, fundamentada e bem feita em cada detalhe. Com que precisão e destreza uma cena se fará visível para nós, como se a caneta fosse uma faca que cortou o revestimento e deixou o cerne descoberto!

"Foi como ele disse: não houve uma brisa agitada; uma constrição de geada sem vento havia limitado o ar; e como partimos à luz das velas, a escuridão parecia uma capota sobre nossas cabeças." Ou, ainda: "Todos os 27 dias que perdurou aquele tempo rigoroso; um frio sufocante; gente passando como chaminés fumegantes; na sala, a espaçosa lareira cheia de madeira; em nossa vizinhança, alguns pássaros da primavera, que já haviam se atrapalhado em direção ao norte, cercando as janelas da casa ou trotando na relva congelada, como coisas distraídas."

"Uma constrição de geada sem vento... gente passando como chaminés fumegantes" – alguém pode procurar, em vão, nos Waverley Novels por uma escrita tão minuciosa como essa. Separadamente, essas descrições são adoráveis e brilhantes. A culpa está em outro lugar, no todo das quais são parte. Pois, naqueles minutos críticos que decidem o destino de um livro, quando ele acaba e emerge completo na mente e nos deixa observá-lo, algo parece faltar. Talvez seja porque o detalhe se destaca muito proeminentemente. A mente é apanhada por essa bela passagem de descrição, por aquela curiosa exatidão da frase; mas o ritmo e arrebate de emoção que a história provocou dentro de nós são satisfações negadas. Somos puxados quando deveríamos estar balançando livremente. Nossa atenção é capturada por um nó de laço ou requinte de rendilha quando, na verdade, desejamos apenas um corpo nu ao léu.

Scott repele nossos gostos de mil maneiras. Mas a tensão, que é o ponto onde a cadência desanda e molda o livro sob ela, é certeira. Relaxado, descuidado como ele é, irá no momento crítico se recompor e fazer a única investida necessária, aquela que dá ao livro sua vivacidade na memória. Lucy senta-se algaraviando "aninhada como uma lebre sob sua forma". "Então, você aceitou seu belo noivo?" diz ela, suspendendo seu discurso amaneirado de bela dama em favor do vernáculo. Ravenswood afunda sob a areia movediça. "Um único vestígio de seu destino apareceu. Uma grande pena negra havia se desprendido de seu chapéu, e as ondas agitadas da maré crescente flutuaram-na aos pés de Caleb. O velho a pegou, secou, e colocou em seu peito." Em ambos os pontos, a mão do escritor está sobre o livro, que cai, moldado. Mas, em *The Master of Ballantrae*, embora cada detalhe esteja adequado e trabalhado de forma separada para nossa maior admiração, não há uma conclusão final. O que deveria ajudar, em retrospecto, parece ficar de lado. Nos lembramos do detalhe, mas não do todo. Lorde Durisdeer e o Mestre morrem juntos, mas mal percebemos. Nossa atenção foi desperdiçada em outro lugar.

O espírito romântico parece ser exigente; se vê um homem cruzando a rua, à luz da lâmpada, e em seguida perdido na escuridão do anoitecer, imediatamente determina qual caminho o escritor deve seguir. Irá dizer que não desejamos saber muito sobre ele. Desejamos que ele expresse nossa capacidade de ser nobres e aventureiros; que habite entre lugares selvagens e sofra os extremos da sorte; que seja dotado de juventude e distinção, aliado a charnecas, ventos e pássaros selvagens. Será além disso um amante, não brevemente, de forma introspectiva, mas amplamente e em linhas gerais. Seus sentimentos devem fazer parte da paisagem; os marrons superficiais e os azuis dos bosques distantes e campos de colheita devem dirigir-se a eles; uma torre, talvez, e um castelo onde as bocas-de-leão florescem. Sobretudo, o espírito romântico exige aqui uma tensão, em que a onda que se avolumou no peito, quebrará. Scott satisfaz tais sentimentos de forma mais completa que Stevenson, embora, com competência suficiente para nos fazer buscar um pouco mais a questão do romance, seu alcance e suas limitações. Aqui, talvez, possa ser interessante ler *Os Mistérios de Udolpho*.

Os Mistérios de Udolpho foi tão achincalhado como o tipo de absurdo Gótico, que é difícil se aproximar do livro com um novo olhar. Nos aproximamos esperando ridicularizá-lo. Então, quando encontramos beleza, conforme passamos ao outro extremo, o exaltamos. Mas a beleza e o absurdo do romance estão ambos presentes, e o livro é um bom teste da atitude romântica, pois a Srta. Radcliffe pressiona as liberdades do romance ao extremo. Onde Scott voltará uma centena de anos para obter o efeito da distância, a Srta. Radcliffe voltará trezentos. Com uma investida, liberta-se de um panteão de desagradabilidades e desfruta sua liberdade prodigamente.

Como romancista, é seu desejo descrever paisagens, e é aí que jaz o seu notável dom. Como todo escritor que se preze, ela enfrenta todos os obstáculos em direção a seu objetivo. Nos conduz a um vasto, desolado e etéreo mundo. Algumas damas e cavalheiros, que, em mente, modos e falas estão puramente no século dezoito, perambulam sobre vastas planícies, ouvem os rouxinóis cantando apaixonadamente em bosques da meia-noite; veem o sol se pôr sobre a lagoa de Veneza; e assistem, das torres de um castelo italiano, os Alpes distantes tornarem-se rosas e azuis. Essas pessoas, quando abastadas, são do mesmo sangue da aristocracia de Scott; silhuetas formais e atenuadas que possuem o mesmo curioso poder de serem insignificantes e insípidas, mas que se misturam harmoniosamente no projeto.

Mais uma vez, sentimos a força que o romântico adquire obliterando fatos. Com o baixar das luzes, a solidez do primeiro plano desaparece, outras formas se tornam aparentes e outros sentidos, incitados. Tomamos consciência do perigo e da escuridão de nossa existência; a realidade confortável provou ser ela mesma um fantasma. Do lado de fora de nosso pequeno abrigo, ouvimos o vento uivando e as ondas quebrando. Nesse estado, nossos sentidos estão tensos e apreensivos. Ruídos que não ouviríamos normalmente, são audíveis. Cortinas farfalham. Algo na penumbra parece se mover. Está vivo? O que é? E o que está procurando aqui? Srta. Radcliffe triunfa em nos fazer sentir isso tudo, em grande parte por ser capaz de nos tornar cientes da paisagem e, assim, induz um tom deslocado, favorável ao romance; mas nela, mais obviamente do que em Scott ou Stevenson, o absurdo é evidente, as rodas do mecanismo estão visíveis e a moagem, audível. Mais claramente do que eles, ela nos permite enxergar as exigências que o escritor romântico nos faz.

Tanto Scott como Stevenson, com o verdadeiro instinto da imaginação, introduziram a comédia rústica e o amplo dialeto escocês. É nessa direção, como bem adivinharam, que a mente irá se desdobrar quando relaxar. Por outro lado, a Srta. Radcliffe, tendo alcançado o topo de seu pináculo, acha impossível descer. Tenta nos consolar com passagens cômicas, colocadas naturalmente nas bocas de Annette e Ludovico, que são criados. Mas essa quebra é muito abrupta para sua mente refinada e limitada, ela constrói seus bons momentos e bela atmosfera com um reflexo pálido do romance, mais enfadonho que qualquer obscenidade. Mistérios abundam. Corpos assassinados se multiplicam; mas ela é incapaz de criar a emoção para senti-los, com o efeito que se encontram ali, desacreditados; portanto, ridículos. O véu é puxado; há a figura obscurecida; há o rosto em decomposição; há os vermes contorcidos – e nós rimos.

Imediatamente, o poder que vive em um livro extingue-se, todo o tecido, suas frases, o comprimento e a forma delas, suas inflexões, maneirismos, tudo o que usava orgulhosamente e naturalmente sob o impulso de uma emoção verdadeira, torna-se obsoleto, forçado e nada apetitoso. Srta. Radcliffe desliza debilmente no jeito desbotado de Scott e recita, página por página, em um estilo ilustrado por esse exemplo:

"Emily, que sempre empenhou-se em ajustar sua conduta às mais belas leis, e cuja mente era finamente sensível, não apenas ao que é justo nos costumes, mas a tudo que é belo no caráter feminino, ficou abalada com essas palavras."

Então segue deslizando, e nós, afundamos e nos afogamos na maré pálida. No entanto, Udolpho passa nesse teste: concede-nos uma emoção que tanto é distinta como única, por mais alto ou baixo que a classifiquemos.

Se agora enxergamos onde se encontra o perigo do romance: como é difícil manter o tom; como precisa do alívio da comédia; como se torna ridícula a própria distância da experiência humana comum e estranheza de seus elementos – se enxergamos tais coisas, também enxergamos que essas emoções são, por si próprias, joias inestimáveis. O romance romântico materializa para nós uma emoção que é profunda e genuína. Scott, Stevenson e Srta. Radcliffe, todos às suas diferentes maneiras, desvelam outro país da terra da ficção; e não é a menor prova de seu poder que brota em nós um desejo aguçado por algo diferente.

Os Caricaturistas e Comediantes

Os romances que nos fazem viver de forma imaginativa, com a mente e o corpo todo, provocam-nos sensações físicas de calor e frio, de balbúrdia e silêncio, talvez, um motivo pelo qual desejamos mudança e por que nossa reação a essas sensações varia tanto em diferentes momentos. Só que, obviamente, a mudança não deve ser violenta. É melhor que precisemos de uma nova cena: um retorno a rostos humanos; uma sensação de paredes e cidades à nossa volta, com suas luzes e seus personagens, após o silêncio do urzal soprado pelo vento.

Após ler os romances de Scott, Stevenson e Srta. Radcliffe, nossos olhos parecem arregalados, a visão um pouco turva, como se estivessem olhando para o horizonte e seria um alívio se deparar com um rosto humano intensamente expressivo, com personagens de força extravagante e caráter em conformidade com nosso humor romântico. Naturalmente, tais figuras são mais fáceis de encontrar em Dickens, particularmente em *A Casa Soturna,* como contou, "Debrucei-me, intencionalmente, sobre o lado romântico de coisas habituais". São encontradas com talentos peculiares – pois se os personagens nos satisfazem por seu vigor e excentricidade, Londres e a paisagem da residência dos Dedlocks, em Chesney Wold, estão no clima da charneca, apenas mais fantasticamente iluminados, mais nitidamente sombrios e radiantes, pois em Dickens, o poder da criação de personagem é tão extraordinário que, as próprias casas, ruas e campos são vigorosamente protagonizados em concordância com as pessoas. De fato, o poder é tão extraordinário que tem pouca necessidade do uso de observação, e uma grande parte do deleite de Dickens reside na compreensão que temos de ser arbitrários com seres humanos duas ou dez vezes maiores que sua insignificância, que guardam apenas semelhança humana suficiente para nos fazer relacionar seus sentimentos muito amplamente, não aos nossos próprios, mas àqueles das figuras estranhas, vistas casualmente pelas portas entreabertas de estabelecimentos públicos, relaxando em cais, esgueirando-se misteriosamente por pequenas vielas próximas a Holborn e a tribunais de justiça. Imediatamente entramos no espírito do exagero.

Quem, no curso de uma longa vida, já conheceu Sr. Chadband, Sr. Turveydrop ou Senhorita Elite? Quem já conheceu qualquer pessoa que, independente da ocasião, pode se confiar em dizer a mesma frase, repetir a mesma ação? Esta repetição perpétua tem, obviamente, um poder enorme de conduzir esses personagens para o lar, de estabilizá-los. O Sr.

Vholes, com suas três queridas filhas em casa e seu pai para sustentar no Vale de Taunton, Sra. Jellyby e os nativos de Borrioboola-Gha, Sr. Turveydrop e sua postura, todos servem como pontos fixos no fluxo e confusão da narrativa; eles têm um efeito decorativo como se fossem gárgulas esculpidas, imóveis, no canto de uma composição. Aonde quer que tenhamos vagado, voltaremos e os encontraremos ali. Sustentam a extraordinária complexidade do enredo, em cuja confusão estamos, muitas vezes, mergulhados até os lábios. Pois é impossível imaginar que os Jellybys e os Turveydrops sejam sempre afetados pelas emoções humanas ou que sua rotina habitual seja perturbada pelos acontecimentos surpreendentes que sopram pelas páginas do livro, de tantos aposentos ao mesmo tempo. Assim, eles têm uma força, um primor, que falta aos personagens menores e mais idiossincráticos.

Afinal, não é a própria vida, com suas coincidências e convoluções, surpreendentemente estranha? "Que ligação," Dickens exclama, "poderia haver entre tantas pessoas, nas inúmeras histórias desse mundo, que, de lados opostos de grandes golfos, foram, mesmo assim, curiosamente aproximadas!" Um após outro, seus personagens são designados à existência por um olho que só precisa vislumbrar uma sala para assimilar cada objeto, humano ou inanimado, que está lá; por um olho que vê de uma vez por todas; que apanha os modeladores de cabelo de uma mulher, um par de olhos vermelhos, uma cicatriz branca e os faz, de algum modo, revelar a essência de um personagem; um olho glutão, inquieto, insaciável, criando mais do que pode usar. Assim, a impressão predominante é a de movimento, do refluxo contínuo e do fluxo de vida em volta de um ou dois pontos fixos.

Muitas vezes, deixamos de nos preocupar com o enredo e vagueamos por alguma estranha via de sugestão, estimulada neste mundo vasto e móvel por um movimento casual, uma palavra, um olhar. "Ainda, caminhando muito firme e silenciosamente em sua direção, uma figura pacífica, também, na paisagem, seguiu Mademoiselle Hortense, descalça, pela grama molhada." Ela segue e deixa um estranho despertar de emoção para trás. Ou, novamente, uma porta é escancarada nos enevoados arredores de Londres; há o amigo do Sr. Tulkinghorn, que aparece uma vez e somente uma – "um homem íntegro e inclusive, advogado, que viveu o mesmo tipo de vida até os setenta e cinco anos, e então, repentinamente, tendo (como se supõe) a impressão de que essa era monótona em demasia, em uma tarde de verão entregou seu relógio de ouro para o cabeleireiro, caminhou tranquilamente de sua casa até o Temple, e se enforcou".

Essa percepção de que o significado segue depois que as palavras são ditas, que as portas abrem e nos deixam olhar através delas, é repleta de romantismo. Mas, o romantismo em Dickens nos toca através de personagens, de tipos extremos de seres humanos, não de castelos ou fachadas, violência da ação, aventura ou natureza. Rostos humanos, carrancudos, sorridentes, malignos e benevolentes são projetados em nossa direção, de todos os cantos. Tudo é absoluto e extremo.

Mas finalmente, em meio a todos esses personagens, tão estáticos e tão extremos, nos deparamos com um – Inspetor Bucket, o detetive – que não é, ao contrário dos outros, composto de uma peça, mas de contrastes e discrepâncias. O poder romântico do personagem uniforme é perdido. Pois o personagem não é mais fixo e parte da concepção; é, em si, interessante. Seus movimentos e mudanças nos compelem a assisti-lo. Tentamos entender este homem multiforme que penteou o cabelo, que é ralo, com uma escova molhada; que tem seu explosivo lado oficial, mas que no entanto combina, como vemos quando a mina estourou, destreza, consciência e até compaixão – pois todas essas qualidades são exibidas através das curvas no surpreendentemente intenso relato do deslocamento pela noite e a tempestade, em busca da mãe de Esther. Se muito mais fosse acrescentado, de modo que o Inspetor Bucket atraísse mais a nossa atenção para si e a desviasse da história, começaríamos com sua nova escala de valores em vista para encontrarmos os óbvios opostos usados noutro lugar, violentos demais para serem toleráveis. Mas Dickens não cometeu tamanho pecado contra seus leitores. Usa essa figura nítida, de várias facetas, para afiar suas cenas finais e, então, deixando o Inspetor Bucket desaparecer da corporação, une as pontas soltas da história em uma extraordinária junção, e produz um fim. Mas ele aguçou nossa curiosidade e nos deixou insatisfeitos com as limitações e até mesmo com a exuberância de seu gênio. A cena se torna muito elástica, muito volumosa, muito nublada em seus contornos. Sua própria abundância nos cansa, assim como a impossibilidade de mantê-la ao todo. Estamos sempre vagueando por atalhos e em vielas onde nos perdemos e não conseguimos lembrar para onde estávamos indo.

Embora o coração de Dickens ardesse de indignação pelos erros públicos, em particular, carecia de sensibilidade, de modo que suas tentativas de intimidade falharam. Suas melhores figuras estão em uma escala muito grande para encaixarem-se bem umas nas outras. Não se entrosam. Precisam de companhia para exibi-las e ação para realçar seus temperamentos. Muitas vezes estão desconexas umas das outras. Em Tolstoi, nas cenas entre a Princesa Marya e seu pai, o antigo Príncipe, a pressão de personagem sobre personagem nunca é aliviada. A tensão é perpétua, cada nervo no personagem está vivo. Talvez seja por essa razão que Tolstoi é o maior dos romancistas. Em Dickens, os personagens são notáveis em si, mas não em suas relações pessoais. Muitas vezes, de fato, quando conversam entre si, são enfadonhos ao extremo ou inacreditavelmente sentimentais. Pense neles como independentes, eternos, imutáveis, como monólitos olhando para o céu. Então começamos a querer algo menor, mais intenso, mais intrincado. Ele mesmo, Dickens, nos deu o gosto do prazer que obtemos do olhar curioso e atento a outro personagem. Nos fez, instintivamente, reduzir o tamanho da cena em proporção à figura de um homem normal, e agora buscamos essa intensificação, essa redução, que encontraremos, executada de forma mais perfeita e completa, nos romances de Jane Austen.

Imediatamente, quando abrimos *Orgulho e Preconceito,* estamos cientes que a frase assumiu um caráter diferente. Dickens, obviamente, a passos largos é o mais livre e extrapolado possível. Mas, em comparação a esse estilo inquieto, como é ramificado, como é raso. A frase, aqui, atravessa como uma faca, entrando e saindo, cortando nitidamente uma forma. Isso é feito em uma sala de estar. É feito pelo uso do diálogo. Meia dúzia de pessoas se reúnem após o jantar e começam, como bem poderiam, a discutir a escrita de cartas. Sr. Darcy escreve devagar e "examina demais para palavras de quatro sílabas". Por outro lado, Sr. Bingley (pois é necessário que possamos conhecê-los e que possam ser rapidamente reconhecidos se contrariados) "omite metade de suas palavras e rasura o resto". Mas isso é apenas o primeiro desbaste que dá contorno ao cenho. Seguimos adiante, para definir e distinguir. Bingley, diz Darcy, está realmente gabando-se, quando chama a si mesmo de missivista descuidado porque acha o defeito interessante. Foi um pavoneio quando contou à Srta. Bennet que se deixasse Nethfield, partiria em cinco minutos. E essa breve passagem de análise por parte de Darcy, além de provar sua astúcia e temperamento calmo e observador, instiga Bingley a nos dar um retrato vivaz de Darcy em casa. "Não conheço figura mais horrível que Darcy, em determinadas ocasiões e locais; especialmente em sua própria casa, numa noite de domingo, quando não tem nada para fazer."

Então, por meios de perguntas e respostas perfeitamente naturais, todos são definidos e, enquanto conversam, se tornam não apenas visíveis de forma mais nítida, mas cada diálogo os aproxima ou os separa, de forma que o grupo não é mais casual, mas entrosado. A conversa não é mera conversa; tem uma intensidade emocional que lhe dá mais do que esplendor. Luz, paisagem – tudo que reside fora da sala de estar está arranjado para iluminá-la. Distâncias são exatas; arranjos, precisos. Está há uma milha de Meryton; é domingo e não segunda. Queremos que todas as suspeitas e perguntas sejam enterradas. É necessário que os personagens se coloquem diante de nós sob uma luz tão clara e silenciosa quanto possível, uma vez que cada cintilação e frêmito deverá ser observado. Nada acontece, da forma que tanto ocorre em Dickens, por sua própria excentricidade ou curiosidade, mas sim em relação a alguma outra coisa. Vias de sugestão não são abertas, portas não são repentinamente escancaradas; as cordas que apertam a estrutura, estando enraizadas no coração, são mantidas firme e rigidamente. Pois, para desenvolver relações pessoais ao máximo, é importante manter-se fora do alcance do abstrato, do impessoal; e sugerir que há algo que extravasa homens e mulheres seria o mesmo que lançar a sombra da dúvida sobre a comédia de seus relacionamentos e sua suficiência. Assim, com frases afiadas, onde amiúde uma palavra, colocada contra a corrente da frase, serve para firmá-la (da seguinte maneira: "e sempre que algum dos agricultores estava disposto a ser inconveniente, descontente ou *muito medíocre...*") seguimos em direção às profundezas, pois profundas elas são, por toda sua clareza.

Mas, as relações pessoais têm limites, como Jane Austen parece perceber, enfatizando a comicidade delas. Tudo, parece dizer, tem, se pudermos descobrir, um resumo sensato; e é extremamente divertido e interessante ver os esforços das pessoas em perturbar a ordem sensata, derrotadas como invariavelmente são. Mas se, nos queixando da falta de poesia ou de tragédia, estamos prestes a moldar a afirmação familiar de que este é um mundo muito pequeno para nos satisfazer, um mundo prosaico, um mundo de ninharias e folhas de relva, somos conduzidos a uma pausa por outra impressão que exige um momento maior de análise. Em meio a todos os elementos que nos tocam na leitura de ficção, sempre houve, embora em graus diferentes, alguma voz, sotaque, ou pensamento claramente ouvido, ainda que nos bastidores do livro. "Trollope, o romancista, um grande, vociferante, de óculos, espalhafatoso caçador barulhento"; Scott, o cavaleiro arruinado do interior, cujos porcos trotavam atrás dele, tão graciosa era a sua voz – ambos vem até nós com o gesto de anfitriões, acolhendo-nos, e caímos sob o feitiço de seu encanto ou do interesse de seus personagens.

Não podemos dizer isso de Jane Austen, sua ausência tem o efeito de nos deslocar de sua obra, dando a ela, por todo seu brilho e animação, uma certa indiferença e plenitude. Seu gênio levou-a a se ausentar. Uma visão tão verdadeira, tão clara e tão sã não toleraria distrações, mesmo que viessem de suas próprias reivindicações, nem permitiria a experiência real de uma mulher passageira colorir o que deveria ser imaculado pela personalidade. Então, por esta razão, embora possamos ser menos tocados por ela, somos menos insatisfeitos. Pode ser que a própria idiossincrasia de um escritor nos canse dele. Jane Austen, que tem tão pouco de peculiar, não nos cansa, nem cria em nós um desejo por aqueles escritores, cujo método e estilo diferem completamente dos dela. Assim, ao invés de sermos impulsionados, quando terminamos a última página, a irmos em busca de algo que contrasta e complete, fazemos uma pausa quando lemos *Orgulho e Preconceito*.

A pausa é o resultado de uma satisfação que faz nossas mentes voltarem ao que acabamos de ler, ao invés de avançarem para algo novo. A satisfação é, por natureza, separada da análise, pois a qualidade que nos satisfaz é a soma de muitas partes diferentes, de modo que se começarmos a exaltar *Orgulho e Preconceito* pelas qualidades que o compõem – sua perspicácia, sua verdade, seu profundo poder de comicidade – ainda não o exaltaremos pela qualidade que é a soma de todas essas. Então, nesse ponto, a mente, resgatada, escapa ao dilema e recorre a imagens. Comparamos *Orgulho e Preconceito* a outra coisa porque, uma vez que a satisfação não possa mais ser definida, tudo que a mente pode fazer é criar uma imagem daquilo, e, ao dá-la outra forma, estima a ilusão que é explicá-la, quando está, na verdade, apenas olhando-a com outros olhos. Dizer que *Orgulho e Preconceito* é como uma concha, uma pérola, um cristal ou qualquer imagem que possamos escolher, é ver a mesma coisa sob uma aparência diferente. Talvez, no entanto, se compararmos *Orgulho e Preconceito* a algo concreto, é porque estamos tentando expressar a sensação que temos, imperfeitamente em outros romances, mas aqui com distinção, de uma qualidade que não está na história mas acima dela, não nas coisas em si mas em seu arranjo.

Orgulho e Preconceito, alguém diz, tem construção; *A Casa Soturna,* não. O olho (sempre tão ativo na ficção) dá sua própria interpretação das impressões que a mente tem recebido em linguagens diferentes. A mente esteve consciente em *Orgulho e*

Preconceito de que as coisas são ditas, por toda sua naturalidade, com um propósito; uma emoção foi contrastada com outra; uma cena foi curta, a próxima longa; de modo que o tempo todo, ao invés de ler ao acaso, sem controle, apanhando isso e aquilo, realçando uma coisa ou outra, conforme a disposição nos leva, estivemos cientes de controle e estímulo, da arquitetura espectral erguida atrás da animação e da variedade da cena. É uma qualidade tão precisa que não é encontrada nem no que é dito, nem no que é feito; ou seja, escapa à análise. É, também, uma qualidade que está muito à mercê da ficção. Seu controle é invariavelmente fraco, muito mais que na poesia ou no drama porque a ficção funciona tão próxima da vida que as duas estão, sempre, entrando em colisão. Que essa qualidade arquitetônica pode ser dotada por uma romancista, Jane Austen prova. E prova, também, que longe de arrefecer o interesse ou retirar a atenção dos personagens, parece ao invés disso focá-la e acrescentar um prazer extra ao livro, um significado. Faz parecer que aqui há algo de bom em si, bem distante de nossos sentimentos pessoais.

Não buscar contraste, mas começar outra vez – este é o impulso que nos instiga depois de terminar *Orgulho e Preconceito*. Temos de começar de novo. Relações pessoais, recordemos, têm limites. A fim de manterem-se distintas, as misteriosas, as desconhecidas, as acidentais, as estranhas, acalmam-se; sua intervenção seria confusa e angustiante. A escritora adota uma atitude irônica para suas criaturas, porque negou a elas tantas aventuras e experiências. Um casamento adequado é, afinal de contas, o desfecho de tudo isso se unindo e se separando. Um mundo que muitas vezes termina em um casamento adequado não é um mundo para se ficar ansioso. Pelo contrário, é um mundo sobre o qual podemos ser sarcásticos; em que podemos espiar continuamente, enquanto encaixamos as peças quebradas umas nas outras. Dessa forma, é possível não pedir que esse mundo seja melhorado ou alterado (que nossa satisfação impeça) mas que outro seja eliminado, cuja estrutura será diferente e permitirá as outras relações. As relações das pessoas serão com Deus ou a natureza. Deverão pensar. Deverão sentar-se, como Dorothea Casaubon em *Middlemarch*, desenhando projetos para as casas de outras pessoas; sofrerão como os personagens de Gissing, na solidão; ficarão sós. *Orgulho e Preconceito*, por ter tamanha integridade própria, nunca invade, nem por um instante, outras províncias, e assim, as deixa mais claramente definidas.

Nada poderia ser mais completo que a diferença entre *Orgulho e Preconceito* e *Silas Marner*. Entre nós e a cena, que estava tão perto, tão distinta, é lançada agora uma sombra. Algo intervém. O personagem de Silas Marner é separado de nós. É mantido em relação a outros homens e sua vida comparada com a humana. Essa comparação é perpetuamente criada e ilustrada por alguém que não está implícito no livro, mas dentro dele, alguém que imediatamente revela-se como "Eu", para que não haja dúvida, desde o início, de que não vamos ganhar as relações das pessoas juntas, mas o espetáculo da vida até onde "Eu" possa nos mostrar. "Eu" farei o meu melhor para iluminar estes exemplos particulares de homens e mulheres, com todo o conhecimento e todas as reflexões que "Eu" possa lhe oferecer.

"Eu", percebemos imediatamente, tem acesso a muito mais experiências e reflexões do que podem ter chegado aos próprios camponeses. Ela descobre quais são as simples emoções de um tecelão deixando seu vilarejo, comparando-as com as das outras pessoas. "As pessoas, cujas vidas se multiplicaram com o aprendizado, às vezes acham difícil manter mão firme em suas habituais visões de vida, em sua fé no Invisível..." É o observador falando, e ao mesmo tempo estamos nos comunicando com uma mente sombria — uma mente que é nosso dever entender. Isso, naturalmente, escurece e engrossa a atmosfera, pois vemos através de tantos temperamentos; tantas luzes laterais do conhecimento, da reflexão, brincam com o que vemos; muitas vezes, mesmo enquanto assistimos o tecelão, nossas mentes circundam-no e o observamos com divertimento, compaixão ou interesse que é impossível que ele mesmo possa sentir.

Raveloe não é simplesmente uma cidade como agora é Meryton, em funcionamento com determinadas lojas e assembleia; tem um passado, e portanto o presente se torna fugaz, e desfrutamos, entre outras coisas, o sentimento de que este é um mundo em processo de mudança e declínio, cujo encanto se deve em parte ao fato de que é passado. Talvez, nós a compararemos, mentalmente, com a Inglaterra de hoje, e as guerras Napoleônicas com as da nossa época. Tudo isso, se serve para alargar o horizonte, também torna o vilarejo e seus habitantes, que são colocados contra uma vista tão grande, menores, e seu impacto uns aos outros, menos mordaz. O romancista que acredita que as relações pessoais são suficientes, as intensifica, as aguça e dedica seu poder a investigá-las. Mas, se o fim da vida não é encontrar, despedir-se, amar, rir, se estamos à mercê de outras forças, algumas desconhecidas, todas além de nosso poder, a urgência desses encontros e despedidas é ofuscada e reduzida. As extremidades dessa união são atenuadas e a comédia tende a se alargar em uma esfera maior e assim modular-se em algo melancólico, tolerante e talvez resignado. George Eliot distanciou-se demais de seus personagens para dissecá-los elegantemente ou de forma profunda, mas alcançou a prática de sua própria mente sobre os mesmos. Jane Austen entrou e saiu da mente de seus personagens como o sangue em suas veias.

George Eliot manteve a máquina de sua desajeitada e poderosa mente a seu dispor. Pode usá-la livremente, quando criar material suficiente para tal. Pode parar a qualquer momento para esclarecer os motivos da mente que a criou. Quando Silas Marner descobre que seu ouro foi roubado, recorre a "aquele tipo de refúgio que sempre vem com a prostração do pensamento, sob uma paixão avassaladora; era essa expectativa de impossibilidades, essa crença em imagens contraditórias, que ainda é distinta da loucura, porque é capaz de ser dissipada pelo fato externo". Tal análise é impensável em Dickens ou em Jane Austen. Mas acrescenta ao personagem algo que não tinha antes. Isso nos faz sentir não só que o trabalho da mente é interessante mas que teremos uma compreensão muito mais verdadeira e sutil do que é realmente dito e feito se a observarmos. Perceberemos que, muitas vezes, uma ação tem apenas uma ligeira relação com um sentimento e, portanto, que os verídicos, que se contentam em registrar fielmente o que é dito e feito, são muitas vezes ridiculamente enganados e descartados em sua apreciação. Há mudanças em outras direções. O uso do diálogo é limitado; pois as pessoas podem dizer muito pouco diretamente. Muito mais pode ser dito por elas, ou sobre elas, pelo próprio escritor. Então, sua mente, seu conhecimento e sua habilidade, não meramente o tom de seu temperamento, tornam-se meios para trazer a disposição do personagem à tona e também para relacioná-lo a outros tempos e lugares. Assim é revelado, debaixo da superfície, um estado mental que, muitas vezes, flui contrário à ação e ao discurso.

É nessa direção que George Eliot conduz seus personagens e suas cenas. As sombras os diversificam. Todos os tipos de influências da história, tempo ou reflexão agem sobre eles. Se consultarmos as nossas próprias emoções, complicadas e confusas, à medida que lemos, fica claro que estamos nos afastando rapidamente do alcance da pura caricaturização do personagem, da comédia, em direção a uma região muito mais duvidosa.

Os psicólogos

De fato, temos uma estranha sensação de termos deixado todos os mundos quando iniciamos *Pelos Olhos de Maisie*; de estarmos sem amparo algum que, mesmo que nos impedisse em Dickens e George Eliot, nos apoiava e controlava. O sentido visual que até aqui esteve tão ativo, esboçando perpetuamente campos, fazendas e rostos, agora parece falhar ou usar suas energias para iluminar a mente por dentro, ao invés do mundo por fora. Henry James tem que encontrar um equivalente aos processos da mente, concretizar um estado mental. Diz que ela era "um veículo fácil para amargura, uma pequena e profunda xícara de porcelana em que ácidos cortantes podiam ser misturados". Ele está sempre usando esse imaginário intelectual. São removidos os habituais alicerces, adereços e apoios das convenções, expressados ou observados pelo escritor. Tudo parece distante de interferência, aberto à discussão e elucidação, embora sem apoio visível. Pois as mentes das quais esse mundo é composto, parecem estranhamente libertadas da pressão dos velhos estorvos e erguidas sobre o estresse das circunstâncias.

Os conflitos não podem ser desencadeados por nenhum dos velhos dispositivos que Dickens e George

Eliot usaram. Assassinatos, estupros, seduções e mortes súbitas não têm poder sobre esse mundo elevado e distante. Aqui, as pessoas exibem apenas influências delicadas: de pensamentos que elas têm, umas sobre as outras, mas dificilmente declaram; de julgamentos daqueles, cujo tempo é livre, têm ociosidade para elaborar e aplicar. Em consequência, estes personagens parecem mantidos em um vácuo, de forma certeira, longe dos substanciais e desajeitados mundos de Dickens e George Eliot, ou do emaranhado de convenções que delimitam o mundo de Jane Austen. Vivem em um casulo, fiado dos mais finos tons de significado, do qual uma sociedade, completamente livre da obtenção do sustento, tem tempo de ponderar sobre si. Sendo assim, estamos conscientes de usar talentos até então adormecidos, criatividade e habilidade, uma desenvoltura e destreza mentais, de forma a resolver, engenhosamente, um enigma; nosso prazer se torna dividido, refinado, sua substância infinitamente repartida ao invés de nos servida por completo.

Maisie, a garotinha que é o ponto de discórdia entre pai e mãe, cada um reivindicando-a por seis meses, cada um finalmente se casando com um segundo marido ou esposa, encontra-se mergulhada sob as profundezas da sugestão, alusão e conjectura, de modo que ela só pode nos afetar muito indiretamente, cada sentimento sendo desviado, nos atingindo depois de ricochetear a mente de outra pessoa. Portanto, ela não desperta nenhuma emoção simples e direta. Sempre temos tempo de assistir a chegada do sentimento, calculando seu trajeto agora para a direita, agora para a esquerda. Calmos, entretidos, intrigados, a cada segundo tentando aprimorar ainda mais nossos sentidos e organizar tudo que temos de inteligência sofisticada em uma seção de nós mesmos, ficamos suspensos sobre este mundinho indiferente, e com curiosidade intelectual, observamos o acontecimento.

Apesar do fato de nosso prazer não ser tão direto, não ser tão consequência de sentir-se intensamente em simpatia com algum prazer ou tristeza, ele tem uma delicadeza, uma doçura que os escritores mais francos falham em nos dar. Isso vem, em parte, do fato de que milhares de veias e traços emocionais são perceptíveis nesse crepúsculo ou alvorada, perdidos em plena luz do meio-dia.

Além dessa delicadeza e doçura, ganhamos outro prazer, que vem quando a mente está livre da demanda perpétua do romancista e sentiremos junto com os seus personagens. Ao cortar as reações que são invocadas na vida real, o romancista nos liberta para deleitar-se, como fazemos quando doentes ou em viagem, nas coisas em si. Podemos ver sua estranheza somente quando os hábitos cessam de nos mergulhar nelas, e ficamos do lado de fora observando o que, de modo algum, tem poder sobre nós. Então, vemos a mente trabalhando; somos entretidos por seu poder de criar padrões; por seu poder de realçar laços em coisas e disparidades que são encobertas quando estamos agindo por hábito ou conduzidos por impulsos triviais. É um prazer, talvez, ligeiramente semelhante ao da matemática ou da música. Só que, obviamente, uma vez que o romancista está usando homens e mulheres como sua matéria, está perpetuamente suscitando sentimentos que se opõem à impessoalidade dos números e sons; parece, na verdade, ignorar e reprimir os sentimentos naturais, coagindo-os a um plano que chamamos, com vago ressentimento, de "artificial", embora seja provável que não somos tão tolos para ressentir o artifício na arte. Ou por um sentimento de timidez, pudor ou por uma falta de audácia imaginativa, Henry James reduz o interesse e importância de sua matéria a fim de provocar uma simetria que lhe é cara. Isso, seus leitores ressentem. Nós os sentimos, como um apresentador sofisticado, manipulando habilmente seus personagens; alfinetando, reprimindo; evitando e ignorando com destreza, onde um escritor de maior profundidade ou ânimos naturais teria assumido o risco que seu material impõe, deixado que o vento soprasse a seu favor e talvez, assim, alcançado ao mesmo tempo, simetria e padrão, em si tão agradáveis.

Mas essa é a dimensão da grandeza de Henry James, de modo que ele nos deu um mundo tão definido, uma beleza tão distinta e peculiar, da qual não conseguimos ficar satisfeitos e que, junto a essas percepções extraordinárias, queremos experimentar mais, entender cada vez mais, porém ser livres da perpétua tutela da figura do autor, seus planos e ansiedades. Para satisfazer esse desejo, naturalmente, nos voltamos para a obra de Proust, onde de imediato encontramos uma expansão de simpatia tão grande, que quase malogra seu próprio propósito. Se nos tornarmos conscientes de tudo, como vamos perceber alguma coisa? No entanto, se o mundo de Henry James, depois dos mundos de Dickens e George Eliot, pareceu não ter barreiras materiais, se tudo era permeável ao pensamento e suscetível a tantos tons de significado, aqui a elucidação e análise são levadas muito além desses limites. Por um lado, o próprio Henry James, o americano, com toda sua magnífica urbanidade, pouco à vontade em uma civilização estranha, era um obstáculo nunca perfeitamente assimilado mesmo pelo sumo de sua própria arte. Proust, produto da civilização que descreve, é tão poroso, tão maleável, tão perfeitamente receptivo que o percebemos apenas como um envelope, fino porém maleável, que se estende mais e mais e não serve para reforçar uma visão, mas para confinar um mundo. Seu universo inteiro está mergulhado na luz da inteligência. O objeto mais comum, como o telefone, perde a sua simplicidade, sua solidez e torna-se imperceptível, parte da vida. As ações mais comuns, como subir em um elevador ou comer um bolo, em vez de serem desoneradas automaticamente, acumulam em seu progresso toda uma série de pensamentos, sensações, ideias e memórias que aparentemente dormiam nas paredes da mente.

O que devemos fazer com tudo isso? Não resistimos de perguntar, à medida que esses troféus são empilhados ao nosso redor. A mente não pode se contentar em manter, passivamente, sensação após sensação para si; algo deve ser feito com elas; sua abundância deve ser moldada. Contudo, no início, parece que esse poder vitalizante se tornou tão fértil que obstrui o caminho e nos derruba, mesmo quando precisamos ir mais depressa, coloca, atrativamente em nossa direção, um objeto curioso. Temos que parar e olhar, mesmo contra a nossa vontade.

Deste modo, quando sua mãe o chama para ir ao leito de morte da avó, o autor diz "'Eu não estava dormindo,' respondi enquanto despertava". Em seguida, mesmo nessa tensão, ele faz uma pausa para explicar sutil e cuidadosamente por que, ao despertar, tão frequentemente pensamos, por um segundo, que não estávamos dormindo. A pausa, ainda mais acentuada porque a reflexão não é feita pelo próprio "Eu", mas fornecida de forma impessoal pelo narrador e, portanto, de um ângulo diferente, coloca uma grande pressão sobre a mente, sobrecarregada pela urgência da situação para se concentrar na mulher que está morrendo no cômodo ao lado.

Grande parte da dificuldade de ler Proust vem dessa obliquidade do conteúdo. Em Proust, o acúmulo de objetos que circundam qualquer ponto central é tão vasto, e os objetos muitas vezes tão remotos, tão difíceis de aproximação e apreensão, que este processo de junção é gradual, tortuoso, e a relação final, extremamente difícil. Há tanto mais para se pensar sobre eles do que se supôs. As relações de uma pessoa não são apenas com outras, mas com o tempo, comida, roupas, aromas, com arte, religião, ciência, história e milhares de outras influências.

Se alguém começar a analisar a consciência, descobrirá que é estimulada por milhares de pequenas e irrelevantes ideias, repletas de quinquilharias do conhecimento. Portanto, quando chegamos a dizer algo tão trivial como "eu a beijei", podemos ter que explicar, também, como uma garota saltou sobre um homem em sua cadeira de praia, antes de chegarmos, gradual e tortuosamente, ao difícil processo de descrever o que significa um beijo. Em qualquer tensão, como a morte da avó ou aquele momento que a Duquesa toma conhecimento, assim que coloca os pés na carruagem, que seu velho amigo Swann está gravemente adoecido, o número de emoções que compõem cada uma dessas cenas é imensamente maior, e são muito mais incongruentes e difíceis de se relacionar do que qualquer outra apresentada pelo romancista.

Além disso, se pedimos ajuda para encontrar nosso caminho, ela não chega através de meios habituais. Nunca nos dizem, como fazem tão frequentemente os romancistas ingleses, que um caminho é correto e o outro errado. Todo caminho é aberto sem reserva e preconceito. Tudo que pode ser sentido, pode ser dito. A mente de Proust está aberta, com a simpatia de um poeta e o distanciamento de um cientista, a tudo que ela pode sentir. Direção ou ênfase, ser dito que um é certo, ser incentivado e ordenado a atender o outro, cairia como uma sombra nessa profunda luminosidade e atrapalharia nossa visão. Os elementos comuns do livro são feitos desse profundo reservatório de percepção. É a partir dessas profundezas que seus personagens emergem, como ondas se formando, então quebram e afundam novamente no movimento do mar de pensamento, comentário e análise que lhes deu origem.

Assim, em retrospecto, embora tão dominantes quanto qualquer personagem de ficção, os de Proust parecem feitos de uma substância diferente. Pensamentos, sonhos e conhecimento fazem parte deles. Cresceram plenamente e suas ações não encontraram nenhuma rejeição. Se procurarmos por direção que nos ajude a posicioná-los no universo, encontramos, negativamente, na ausência de direção – talvez, simpatia seja de mais valor do que interferência, compreensão do que julgamento. Como consequência da união do pensador e do poeta, muitas vezes, sobre o salto de alguma observação fanaticamente precisa, deparamo-nos com uma revoada de imagens – belas, coloridas, visuais, como se a mente, em análise, tendo desenvolvido seus poderes tanto quanto possível, de repente ascendesse ao ar e, de uma posição mais alta, nos desse uma visão diferente do mesmo objeto, em termos de metáfora. Essa dualidade torna os grandes personagens de Proust e o mundo inteiro, de onde se originam, em uma espécie de globo, cujo um dos lados sempre está escondido, ao invés de uma cena estendida diante de nós, cuja plenitude podemos compreender em um só olhar.

Para tornar isso mais preciso, talvez seja melhor escolher outro escritor, também estrangeiro, que tenha o mesmo poder de iluminar a consciência, desde as raízes até a superfície. Diretamente passamos do mundo de Proust ao mundo de Dostoiévski, ficamos assustados com diferenças que, por um tempo, absorvem toda nossa atenção. Quão confiante é o Russo, em comparação ao Francês. Ele entrega um personagem ou cena com o uso de oposições evidentes que são deixadas isoladas. Termos extremos como "amor" e "ódio" são usados tão profusamente que devemos apressar nossas imaginações para cobrir o espaço entre eles. Sentimos que, aqui, a malha da civilização é feita de uma rede rústica, os furos muito largos. Homens e mulheres escaparam, comparados com o aprisionamento que sofrem em Paris. São livres para lançarem-se de lado a lado, gesticular, assoviar, discursar, cair em paroxismos de raiva e excitação. São livres, com a liberdade dada pela emoção violenta, de hesitação, de escrúpulo, de análise. A princípio, ficamos maravilhados com o vazio e a crudeza desse mundo comparado com o outro. Mas quando organizamos um pouco nossa perspectiva, fica claro que ainda estamos no mesmo mundo – que é a mente que nos seduz e as suas aventuras que nos interessam. Outros mundos, como o de Scott ou Defoe, são incríveis. Estamos seguros disso quando começamos a encontrar aquelas contradições curiosas nas quais Dostoiévski é tão prolífico. Há uma simplicidade na violência que não encontramos em Proust, mas a violência também expõe regiões profundas da mente, onde a contradição prevalece. Esse contraste que marcou a aparência de Stavróguin, de modo que ele era simultaneamente "modelo de beleza, mas ao mesmo tempo parecia haver algo repulsivo em relação a ele", é nada além do rude sinal do vício e da virtude que encontramos, a toda velocidade, no mesmo peito. A simplificação está apenas na superfície; quando o processo audacioso e implacável, que parece esmurrar personagens, em seguida agrupando-os e, então, colocando-os todos em violento movimento, de forma tão vigorosa e impaciente, é concluído, nos é mostrado como, sob esta superfície rude, tudo é caos e complicação. A princípio, sentimos que estamos em uma sociedade selvagem onde as emoções são muito mais simples, fortes, e mais impressionantes do que qualquer uma que encontramos no *Em Busca do Tempo Perdido*.

Como existem poucas convenções, poucas barreiras (Stavróguin, por acaso, passa facilmente do abismo para o cume da sociedade), a complexidade pareceria mais profunda, e essas estranhas contradições e anomalias que tornam um homem, ao mesmo tempo, divino e bestial parecem estar profundamente no coração e não sobreposto a ele. Consequentemente, o estranho efeito emocional de *Os Demônios*. Parece ser escrito por um fanático, pronto para sacrificar habilidade e artifício, a fim de revelar as dificuldades e confusões da alma. Os romances de Dostoiévski são impregnados de misticismo; ele não fala como um escritor, mas como um sábio, sentado, de cobertor, à beira da estrada, com infinitos conhecimento e paciência.

"Sim," ela respondeu, "a mãe de Deus é a grande mãe – a terra úmida, e nela jaz grande alegria para os homens. E cada aflição e medo terrenos é alegria para nós; e quando você regar a terra com suas lágrimas, se alegrará de tudo ao mesmo tempo, e sua tristeza não existirá mais, assim diz a profecia". Na época, aquela palavra mergulhou em meu coração. Desde então, quando me inclino ao chão em minhas orações, beijo a terra. Beijo-a e choro.

Essa é uma passagem característica. Mas em um romance, a voz do professor, por mais exaltada que seja, não é suficiente. Temos muitos interesses a considerar, problemas demais a enfrentar. Considere uma cena como aquela festa extraordinária para a qual Varvara Petrovna levou Marya, a idiota manca, com quem Stavróguin se casou "por uma paixão pelo martírio, por uma ânsia pelo remorso, através de uma sensualidade moral". Não podemos ler até o final sem sentir como se um polegar estivesse pressionando um botão em nós, quando não temos mais emoção para responder ao chamado. É um dia de surpresas, um dia de revelações surpreendentes, um dia de estranhas coincidências. Para várias pessoas ali (e elas vão, de todos os cômodos, debandando-se para o quarto) a cena tem grande importância sentimental. Tudo é feito para sugerir a intensidade de suas emoções. Tornam-se pálidas; tremem de terror; entram em crise. São, portanto, trazidas até nós em lampejos de genialidade extrema – a louca com a rosa de papel no chapéu; o jovem cujas palavras tamborilam "como grãos grandes e suaves... Por algum motivo, alguém começou a pensar que ele deve ter uma língua de formato especial, de algum modo excepcionalmente longa e fina, extremamente vermelha, com uma ponta bem acentuada e incessantemente ativa".

Mas ainda que batam o pé e gritem, ouvimos o som como se fosse na porta ao lado. Talvez, a verdade seja que ódio, surpresa, raiva e horror são todos muito fortes para serem continuamente sentidos. Esse vazio e ruído nos levam a querer saber se o romance psicológico, que projeta seu drama na mente, não deveria, como os verídicos nos mostraram, variar e diversificar suas emoções, para que não fiquemos entorpecidos de exaustão. Deixar a civilização de lado e mergulhar nas profundezas da alma não é, de fato, enriquecer. Temos, se voltarmos a Proust, mais emoção em uma cena que não é pretensa ser notável, como aquela no restaurante na neblina. Ali vivemos ao longo de uma linha de observação que está sempre entrando e saindo dessa e daquela mente; que coleta informações de diferentes níveis sociais, que nos faz sentir ora junto a um príncipe, ora junto a um dono de restaurante, e nos coloca em contato com diferentes experiências físicas, como luz depois da escuridão, segurança após perigo, de modo que a imaginação está sendo estimulada em todos os lados para se aproximar lentamente, gradualmente, sem ser aferroada por gritos ou violência, completamente em torno do objeto. Proust está determinado a apresentar ao leitor cada fragmento de evidência sobre a qual o estado da mente é fundado; tão convencido está Dostoiévski de um ponto de verdade diante dele, que irá ignorá-lo e avançar para sua conclusão com uma espontaneidade, em si, estimulante.

Através dessa distorção, o psicólogo se revela. O intelecto, que analisa e discrimina, está sempre e quase imediatamente subjugado pela pressa do sentimento; se é simpatia ou raiva. Dessa forma, frequentemente, há algo de ilógico e contraditório nos personagens, talvez porque estejam expostos a muito mais do que a habitual corrente de força emocional. Por que ele age assim? Nos perguntamos repetidamente, e respondemos muito duvidosamente, que talvez os loucos ajam assim. Por outro lado, em Proust, a abordagem é igualmente indireta, mas é através do que as pessoas pensam e o que é pensado sobre elas, através do conhecimento e pensamentos próprios do autor, que os compreendemos de forma muito lenta e laboriosa, mas com toda a nossa mente.

Os livros, no entanto, com todas essas diferenças, são semelhantes nisso: ambos são permeados de infelicidade. E isso pareceria ser inevitável quando não é dado à mente um alcance direto do que quer que seja. Dickens é, em muitos aspectos, como Dostoiévski; ele é prodigiosamente produtivo e tem imensos poderes de caricatura. Mas Micawber, David Copperfield e Sra. Gamp são, diretamente, colocados perante a nós, como se o autor os enxergasse do mesmo ângulo, e não tivesse nada a fazer e nenhuma conclusão a obter, exceto divertimento direto ou interesse. A mente do autor nada mais é que um vidro entre nós, ou, no máximo, serve para colocar uma moldura ao redor deles. Todo o poder emocional do autor foi dedicado aos personagens. O excesso de pensamento e sentimento que restou depois que os personagens foram criados em George Eliot, para anuviar e escurecer suas páginas, foi usado nos personagens de Dickens. Nada importante permanece.

Mas em Proust e Dostoiévski, também em Henry James, e em todos aqueles que se propõem a seguir sentimentos e pensamentos, há sempre um excesso de emoção do autor, como se personagens de tamanha sutileza e complexidade só pudessem ser criados quando o resto do livro é um profundo reservatório de pensamento e emoção. Desta maneira, embora o próprio autor não esteja presente, personagens como Stephen Trofimovitch e Charlus podem existir apenas em um mundo feito da mesma matéria que eles, embora não formulados. O efeito dessa mente inquietante e analítica é sempre produzir uma atmosfera de dúvida, de questionamento, de dor, talvez de desespero. Ao menos, semelhante seria o resultado da leitura de *Em Busca do Tempo Perdido* e *Os Demônios*.

Os Satíricos e Fantásticos

Os sentimentos confusos que os psicólogos despertaram em nós, a extraordinária complexidade que nos revelaram, a rede de emoções puras e pouco inteligíveis, mas profundamente interessantes, na qual nos envolveram, criam uma súplica por alívio, inicialmente tão rudimentar que é quase uma sensação física. A mente parece uma esponja encharcada de simpatia e compreensão; precisa secar-se, contrair-se em algo sólido. A sátira e a sensação que o satírico nos dá, de que ele tem o mundo dentro do seu alcance, de modo que está à mercê do bico de sua pena, satisfaz, precisamente, nossas necessidades.

Um outro instinto nos levará a ignorar satíricos tão famosos como Voltaire e Anatole France, em favor de alguém escrevendo em nossa própria língua, escrevendo em inglês. Pois, sem desrespeitar o tradutor, ficamos, intoleravelmente, cansados de ler Dostoiévski, como se estivéssemos lendo com os óculos errados, ou como se uma neblina tivesse se formado entre nós e a página. Chegamos a sentir que cada ideia está escorregando sobre um traje mal talhado, grande demais para elas. Pois uma tradução nos faz entender, mais claramente do que palestras de qualquer professor, a diferença entre palavras cruas e palavras escritas; a natureza e importância daquilo que chamamos estilo. Mesmo um escritor inferior, usando sua própria língua em suas ideias, induz uma mudança, ao mesmo tempo agradável e notável. Sob o bico de sua pena, a frase se retrai e se enrola, firmemente em torno do significado, mesmo que menor. As soltas, as folgadas, contraem-se. E, enquanto um escritor de um inglês passável fará isso, um escritor como Peacock faz infinitamente melhor.

Quando abrimos *Crotchet Castle* e lemos aquela primeira frase, bem longa, que começa "Em um daqueles belos vales, através dos quais o Tâmisa (ainda não poluído pela maré, pela exploração das cidades, ou mesmo a menor contaminação dos riachos arenosos do Surrey)", seria difícil descrever o alívio que nos dá, exceto metaforicamente. Primeiro, há a forma que remete a algo visualmente agradável, como uma onda fluindo ou a ponteira de um chicote vigorosamente lançada; então, enquanto frase se junta a frase e um parêntese após outro precipita-se em seu afluente, temos uma sensação de toda a correnteza deslizando suave sob velhos muros, com as sombras de construções antigas e o brilho de gramados verdes refletidos nela. E o que é ainda mais agradável, após as imensidões e obscuridades nas quais estivemos vivendo, é que estamos em um mundo, em escala, tão manejável que podemos pegar sua medida, provocá-lo e ridicularizá-lo. É como sair para um jardim em uma perfeita manhã de setembro, quando cada sombra é nítida e cada cor brilhante, depois de uma noite de tempestade e trovão. A natureza se submeteu à direção do homem. O próprio homem é dominado por sua inteligência. Ao invés de serem multiformes, complicadas, evasivas, cada pessoa possui uma idiossincrasia, que as cristaliza em personagens distintos e perspicazes, colidindo vigorosamente quando se encontram. Parecem ridiculamente e grotescamente simplificados de todo o conhecimento. Dr. Folliott, Sr. Firedamp, Sr. Skionar, Sr. Chainmail e o restante parecem, depois da espantosa espessura e volume de Guermantes e Stavrogins, nada além de agradáveis caricaturas que um velho sábio e esperto cortou, com um par de tesouras, de uma folha preta de papel. Mas, olhando mais de perto, descobrimos que, embora fosse absurdo confiar a Peacock qualquer desejo, ou talvez, capacidade de explorar as profundezas da alma, sua reticência não é vazia, mas sugestiva. O personagem de Dr. Folliott é desenhado em três traços da pena. O que está no meio, é deixado de fora. Mas cada traço indica a magnitude por trás dele, de modo que o leitor pode deduzir por si mesmo; enquanto tem, por causa dessa aparente simplicidade, toda distinção de uma caricatura. O mundo tão alegremente constituído, que sempre há trutas para o café da manhã, vinho na adega e alguns contratempos divertidos, tais como a cozinheira colocando fogo em si mesma e o lacaio apagando-o, para nos fazer rir – um mundo onde não há nada mais urgente para se fazer do que "deslizar sobre a superfície das águas, questionando tudo e estabelecendo nada", não é um mundo de pura fantasia; está bem próximo de ser uma paródia do nosso, de fazer nossas próprias tolices e as solenidades de nossas instituições parecerem um pouco tolas.

O satírico não trabalha, como o psicólogo, sob a opressão da onisciência. De forma irônica, ele tem tempo ocioso para brincar, como bem entender, com sua mente. Suas afinidades não estão profundamente engajadas. Seu senso de humor não está submerso.

Mas a principal distinção encontra-se na mudança de atitude em relação à realidade. Nos psicólogos, o grande fardo de acontecimentos é baseado em um firme alicerce de jantar, almoço, cama e café da manhã. É com surpresa, ainda que com alívio e um começo de prazer, que aceitamos a versão de mundo de Peacock, que tanto ignora, que tanto simplifica, que dá um giro no velho globo e, do outro lado, mostra uma outra face. Parece que é desnecessário ser tão meticuloso. E, afinal, não é tão real, tão verdadeiro quanto o outro? E toda essa comoção sobre "realidade" talvez seja exagerada. O grande ganho é que, talvez, a nossa relação com as coisas seja mais distante. Colhemos os benefícios de um ponto de vista mais poético. Uma passagem como a encantadora "Em Godstow, colheram avelãs no túmulo de Rosamond" poderia ser escrita apenas por alguém que estava a certa distância de seus personagens, de modo que não precisa haver explicações. Pois com os personagens de Trollope, certamente, explicações teriam sido necessárias; deveríamos ter desejado saber o que estavam fazendo, colhendo avelãs, onde foram jantar mais tarde e como a carruagem os encontrou. "Eles", no entanto, sendo Chainmail, Skionar, e o resto, são livres para colher avelãs no túmulo de Rosamond, se quiserem; assim como são livres para cantar uma canção se isso lhes agradar, ou debater a marcha do intelecto.

O romântico tomou a mesma liberdade, mas para outro propósito. No satírico, não temos um sentido de selvageria e aventuras da alma, mas de que a mente é livre e, portanto, enxerga além e prescinde o que é levado a sério por escritores de outro calibre.

Há, é claro, limitações, lembretes, mesmo em meio a nosso prazer, de fronteiras que não devemos atravessar. Não podemos imaginar, em primeiro lugar, que o escritor de frases tão requintadas possa cobrir muitas resmas de papel; são muito caras. Então, novamente, um escritor que nos dá um senso tão agudo de sua própria personalidade, pela forma de sua frase, é limitado. Sempre estamos sendo colocados em contato não com o próprio Peacock, ao contrário de Trollope (pois não há como revelar seus próprios segredos; não invoca sua própria forma e o som de seu riso, como faz Trollope), mas o tempo todo nosso pensamento está tomando a cor do pensamento dele, estamos, insensivelmente, pensando em sua medida. Se escrevemos, tentamos escrever à sua maneira, e isso nos leva a uma intimidade muito maior com ele do que com escritores como, novamente, Trollope ou Scott, que envolvem seus pensamentos, de forma bastante adequada, em um tecido de lona cinza que cai bem e combina com tudo. Isto pode, no final, naturalmente, resultar em alguma restrição. O estilo pode carregar consigo, especialmente em prosa, tanta personalidade que nos mantém dentro da abrangência dela. Peacock impregna seu livro.

Para que possamos considerar isto mais plenamente, passemos de Peacock a Sterne, um escritor muito maior, ainda que suficientemente na linhagem de Peacock para deixar-nos levar, de forma ininterrupta, a mesma linha de raciocínio.

Imediatamente ficamos cientes de que estamos na presença de uma mente muito mais sutil, uma mente de muito maior alcance e intensidade. As frases de Peacock, firmemente moldadas e belamente refinadas como são, não podem estender-se como estas. Aqui, nosso senso de elasticidade é elevado tanto que mal sabemos onde estamos. Perdemos nosso senso de direção. Voltamos, ao invés de seguirmos adiante. Uma declaração simples inicia uma digressão; circulamos; subimos; nos viramos; e finalmente voltamos para o tio Toby, que, enquanto isso, estava sentado, em suas bermudas pretas de felpa e com seu cachimbo na mão. Proust, por assim dizer, era tão tortuoso quanto, mas sua dissimulação era devida a seus imensos poderes de análise e ao fato de que, diretamente, ele fez uma simples afirmação da qual entendia todo o significado, e deve fazer-nos entender. Sterne não é um analista das sensações de outros personagens. Esses permanecem simples, excêntricos e erráticos. É a sua própria mente que o fascina, suas esquisitices e caprichos, suas afeições e suas sensibilidades; é a sua mente que caracteriza o livro e lhe dá paredes e forma. No entanto, é óbvio que sua reivindicação é justa quando diz que, embora possa, amplamente, divagar em direção à tia Dinah e o cocheiro, e então "alguns milhões de milhas no centro do sistema solar", quando está em via de contar sobre o personagem de tio Toby, não obstante "o esboço do personagem do meu tio Toby seguiu, o tempo todo, suavemente – não os grandes contornos – isso era impossível – mas alguns traços familiares e fracas indicações dele... para que você esteja, agora, muito mais familiarizado com meu tio Toby do que era antes". É verdade, pois estamos sempre aterrissando, enquanto roçamos e circulamos, para depositar um pequeno grão de observação sobre a figura de tio Toby sentado ali, com o cachimbo na mão. Assim é construído, intermitentemente, de forma irregular, um retrato extraordinário de um personagem – mostrado, na maioria das vezes, em um estado passivo, sentado, através de rápidos olhos rasantes de um observador errático, que nunca deixa seu personagem falar mais que algumas palavras ou dar mais do que alguns passos por si próprio, mas está sempre circulando, brincando com as lapelas de seu casaco, espreitando seu rosto e provocando-lhe afetuosamente, de forma caprichosa, como se fosse o correspondente espiritual, encarregado de um mortal inconsciente. Tais opostos foram feitos para despedirem-se e afastarem-se. Aprecia-se a simplicidade, a modéstia, de tio Toby, ainda mais por compará-las ao personagem espirituoso, indecente, desagradável, mas altamente simpático, do autor.

Ao longo de *Tristram Shandy* estamos cientes dessa mistura e contraste. Laurence Sterne é o personagem mais importante no livro. É verdade que, no momento crítico, o autor oblitera-se e dá aos seus personagens aquele pequeno impulso extra que os liberta de sua tutela, para que sejam algo mais do que caprichos e afeições de um cérebro brilhante. Mas, uma vez que o personagem é amplamente composto de ambientes e circunstâncias, estas pessoas, cujos ambientes são tão esquisitos que muitas vezes são mudas, mas sempre, caprichosamente, comentadas, são uma espécie à parte entre as pessoas da ficção. Não há nada como elas em outro lugar, pois em nenhum outro livro os personagens são tão dependentes do autor. Em nenhum outro livro o autor e o leitor estão tão envolvidos. Então, finalmente, temos um no qual todas as convenções usuais são consumidas e, no entanto, nenhuma ruína ou catástrofe vem a acontecer; o todo existe completo por si só, como uma casa que é, milagrosamente, habitável dispensando paredes, escadas ou divisórias. Vivemos nos humores, contorções e esquisitices do espírito, não no lento desenrolar da longa duração da vida. E a reflexão vem, enquanto tomamos sol num desses altos pináculos, não podemos escapar ainda mais, de modo que não estejamos conscientes de qualquer autor, afinal? Não podemos encontrar poesia em um ou outro romance? Pois Sterne, pela beleza de seu estilo, deixou-nos passar além do alcance da personalidade para um mundo que não é, totalmente, o mundo da ficção. Está acima.

Os Poetas

Certas frases desencadearam essa mudança dentro de nós. Nos tiraram da atmosfera da ficção; nos fizeram parar para indagar. Por exemplo:

Não vou discutir a questão; o Tempo passa célere demais; cada letra que traço fala-me da rapidez com que a Vida acompanha minha pena; seus dias e suas horas, mais preciosas, minha querida Jenny! do que os rubis à volta do teu pescoço, estão voando por sobre as nossas cabeças, quais leves nuvens num dia de vento, para nunca mais voltar – tudo tem pressa – enquanto aí estás a friar essa madeixa – vê! Ela encanece; e toda vez que te beijo a mão para dar adeus, e cada subsequente ausência, são prelúdios daquela eterna separação quem em pouco nos sobrevirá.[1]

Frases como essa trazem, pelo ritmo curioso de sua formulação, por um toque no sentido visual,

---
[1] Tradução de José Paulo Paes, Companhia das Letras, 2008

uma alteração no movimento da mente que a faz parar, ampliar seu olhar e mudar, ligeiramente, sua atenção. Estamos olhando para a vida em geral.

Mas embora Sterne, com sua extraordinária flexibilidade, pudesse, também, usar esse efeito sem incongruência, isso só é possível porque seu gênio é sábio o suficiente para deixá-lo sacrificar algumas das qualidades, que são naturais ao personagem do romance, sem que notemos. É óbvio que não há acumulação das experiências de muitas vidas e mentes como em *Guerra e Paz*; e, também, que há algo do ensaísta, algo do soliloquista nos gracejos e caprichos dessa mente brilhante. Ele é, ocasionalmente, sentimental, como se depois de tão grande exibição de peculiaridade, devesse afirmar seu interesse nas vidas normais e afeições de seus personagens. Lágrimas são necessárias; lágrimas são provocadas. Seja como for, requintada e individual como é sua poesia, há outra que é mais natural ao romance, porque utiliza o material que o romancista fornece. É a poesia da situação em vez da linguagem, a que percebemos quando Catherine em *O Morro dos Ventos Uivantes* arranca as penas do travesseiro; quando Natasha, em *Guerra e Paz*, olha as estrelas pela janela. E é significativo que recordemos essa poesia, não como a recordamos em versos, pelas palavras, mas pela cena. A prosa permanece casual e silenciosa o suficiente de modo que lembrá-la é fazer pouco, ou nada, para explicar seu efeito. Muitas vezes temos que voltar lá atrás e ler um capítulo, ou mais, antes que possamos alcançar a impressão de beleza ou intensidade que nos tomou conta.

No entanto, não se pode negar que dois dos romancistas que são, mais frequentemente, poéticos – Meredith e Hardy – são romancistas imperfeitos. Tanto *The Ordeal of Richard Feverel* como *Far from the Madding Crowd* são livros de grande discrepância. Em ambos sentimos uma falta de controle, uma incoerência tal como nunca sentimos em *Guerra e Paz, Em Busca do Tempo Perdido* ou *Orgulho e Preconceito*. Tanto Hardy como Meredith estão carregados em demasiado, ao que parece, de um senso de poesia, e têm uma simpatia limitada ou imperfeita demais pelos seres humanos, para expressá-la adequadamente através dessa via. Portanto, como frequentemente encontramos em Hardy, o elemento impessoal – Destino, os Deuses, qualquer que seja o nome que escolhamos chamá-lo – domina os personagens. Parecem desajeitados, melodramáticos, irreais. Não conseguem expressar a poesia, do qual o próprio escritor é encarregado, através de seus lábios, pois sua psicologia é inadequada, assim, a expressão é deixada nas mãos do escritor, que assume um personagem, separado dos outros, e não consegue retornar a eles com certa facilidade quando perfeita.

Novamente, em Meredith, o senso do escritor da poética juvenil, do amor, da natureza é ouvido como uma canção para qual os personagens atentam passivamente, sem mobilizarem um músculo; e então, quando a canção termina, movem-se novamente, com um empurrão. Isso poderia provar que um senso poético profundo é um dom perigoso para o romancista; pois em Hardy e Meredith, a poesia parece significar algo impessoal, generalizado, hostil à idiossincrasia do personagem, de modo que os dois sofrem se forem colocados em contato. Pode ser que o romancista perfeito expresse um tipo diferente de poesia, ou tenha o poder de expressá-la de uma maneira que não prejudique as outras qualidades do romance. Se recordarmos das passagens que nos pareciam, em qualquer retrospecto, serem poéticas na ficção, as lembramos como parte do romance. Quando Natasha, em *Guerra e Paz*, olha as estrelas pela janela, Tolstói produz um sentimento de profunda e intensa poesia, sem qualquer ruptura ou aquele senso inquietante de canção sendo cantada para ouvintes. Ele o faz porque seu senso poético encontra expressão na poesia da situação, ou porque seu personagem expressa isso em suas próprias palavras, que são, muitas vezes, das mais simples. Temos vivido dentro deles e conhecendo-os, de modo que, quando Natasha se inclina na soleira da janela e pensa em sua vida futura, nossos sentimentos sobre a poesia do momento não residem no que ela diz tanto quanto na nossa noção de que é ela que o está dizendo.

O Morro dos Ventos Uivantes, outra vez, está mergulhado em poesia. Mas aqui há uma diferença, pois dificilmente pode-se dizer que a intensa poética da cena, em que Catherine arranca as penas do travesseiro, tem algo a ver com o nosso conhecimento sobre ela ou acrescenta à nossa compreensão, ou sentimentos, em relação a seu futuro. Em vez disso, aprofunda e controla a atmosfera selvagem e tempestuosa do livro todo. Por um golpe de visão de mestre, mais raro em prosa do que em poesia, personagens, cenário e atmosfera estão todos em conformidade. E, o que é ainda mais raro e impressionante, através desta atmosfera, parecemos captar a visão de homens e mulheres maiores, de outros símbolos e importâncias. No entanto, os personagens de Heathcliff e Catherine são perfeitamente naturais; contêm toda a poesia que Emily Brontë sente, sem esforço. Nunca sentimos que esse é um momento poético, separado do resto, ou que aqui, Emily Brontë está falando conosco através de seus personagens. Sua emoção não transbordou e elevou-se independentemente, em algum comentário ou atitude dela. Emily Brontë está usando seus personagens para expressar sua concepção, de forma que eles são agentes ativos na vida do livro, aumentando seu ímpeto e não impedindo-o. A mesma coisa acontece, mais explicitamente, mas em menor proporção, em *Moby Dick*. Em ambos os livros temos uma visão de presença fora dos seres humanos, de um significado que eles representam, sem deixar de serem si mesmos. Mas é notável que tanto Emily Brontë e Herman Melville ignoram a maior parte desses despojos do espírito moderno, que Proust agarra tão tenazmente e transforma de forma triunfante. Os dois escritores anteriores simplificam seus personagens até que apenas o grande contorno, as fissuras e rugas do rosto sejam visíveis. Parecem ter se contentado com o romance como forma e a prosa como instrumento desde que pudessem remover a cena para longe das cidades, simplificar os atores e permitir que a natureza, em seu estado mais selvagem, participe dela. Assim, podemos dizer que há poesia nos romances, tanto onde a poesia é expressada, não tanto por um personagem determinado, em uma situação particular, como Natasha na janela, mas sim por todo o humor e temperamento como os de *O Morro dos Ventos Uivantes* ou *Moby Dick*, aos quais os personagens de Catherine, Heathcliff ou Capitão Ahab dão expressão.

No entanto, *Em Busca do Tempo Perdido* há tanta poesia quanto em qualquer um desses livros; mas de um tipo diferente. A análise da emoção é levada mais adiante por Proust do que por qualquer outro romancista; a poesia vem, não na situação, que é inquieta e vultosa demais para tal efeito, mas nas passagens frequentes de metáfora elaborada, que brotam da rocha do pensamento como fontes de água doce e servem como traduções de uma língua em outra. É como se houvessem duas faces para cada situação; uma iluminada, de modo que pode ser descrita precisamente e examinada tão minuciosamente quanto possível; a outra, na sombra, para que possa ser descrita apenas em um momento de fé e visão, pelo uso da metáfora. Quanto mais o romancista medita sobre sua análise, mais se torna consciente de algo que sempre escapa. E é essa visão dupla que torna a obra de Proust para nós, em nossa geração, tão redonda, tão abrangente. Assim, enquanto Emily Brontë e Herman Melville voltam o romance para longe da costa do mar, Proust, por outro lado, fixa seus olhos sobre os homens.

E aqui podemos fazer uma pausa, não que, certamente, não haja mais livros para ler ou mais mudanças de humor para saciar, mas por uma razão que brota da juventude e o vigor da arte em si. Podemos imaginar tantos diferentes tipos de romances, estamos conscientes de tantas relações e suscetibilidades que o romancista não tinha expressado, que rompemos no meio com Emily Brontë ou Tolstói sem qualquer pretensão de que as fases da ficção são completas ou que nossos desejos como leitor foram totalmente satisfeitos. Pelo contrário, a leitura os excita; crescem e, inarticuladamente, nos tornam cientes de uma dúzia de romances diferentes não escritos, que aguardam sob o horizonte. Por isso a presente futilidade de qualquer teoria do "futuro da ficção". Os próximos dez anos irão, certamente, frustrá-la; o próximo século irá explodi-la aos ventos. Basta lembrarmos da relativa juventude do romance, que tem, a grosso modo, cerca da idade da poesia inglesa na época de Shakespeare, para perceber a loucura de qualquer resumo ou teoria do futuro da arte. Além disso, a própria prosa está ainda em sua infância e capaz, sem dúvida, de infinita mudança e desenvolvimento.

Mas a nossa rápida jornada de livro em livro nos deixou com algumas anotações, feitas a propósito, e essas podemos resolver, não tanto para procurar uma conclusão quanto para expressar o inquietante e meditativo humor que acompanha o ato de ler. Então, em primeiro lugar, embora o tempo à nossa disposição tenha sido curto, viajamos, lendo esses poucos livros, uma grande distância emocionalmente. Nos arrastamos sobriamente ao longo da estrada elevada, discursando sentidos banais e encontrando muitas aventuras interessantes; tornando-nos românticos, vivemos em castelos, perseguidos em charnecas, lutamos galantemente e morremos; então, cansados, entramos novamente em contato com a humanidade, primeiro de forma romântica, prodigiosa, desfrutando a sociedade de gigantes e anões, dos enormes e deformados, e depois, cansados novamente dessa extravagância, os reduzimos, por meio do microscópio de Jane Austen, a homens e mulheres, normais e perfeitamente proporcionais, e o mundo caótico, ao curato, arbustos e gramados ingleses.

Em seguida, uma sombra próxima cai sobre esta perspectiva brilhante, distorcendo a encantadora harmonia de suas proporções. A sombra de nossas mentes caiu sobre ela e, gradualmente, nos atraímos para dentro, indo explorar, com Henry James, filamentos intermináveis de sentimento e relacionamento em que homens e mulheres são enredados, e assim levados com Dostoiévski a descer milhas e milhas rumo a profundos e frívolos ímpetos da alma.

Por fim, Proust traz a luz de uma inteligência extremamente civilizada e farta para incidir sobre esse caos, e revela o infinito alcance e complexidade da sensibilidade humana. Mas, ao segui-lo, perdemos a noção do contorno e, a fim de recuperá-la, procuramos os satíricos e os fantásticos, que permanecem indiferentes e mantêm o mundo à distância, eliminam e reduzem, de modo que tenhamos a satisfação de ver coisas redondas depois de sermos imersos a elas. Então, os satíricos e os fantásticos, como Peacock e Sterne, por conta de seu distanciamento, escrevem, muitas vezes, como poetas, em prol da beleza da frase e não pelo uso, e assim, nos estimulam a desejar poesia no romance. Ao que parece, a poesia requer uma ordenação diferente da cena; são necessários seres humanos, mas necessários em suas relações com o amor, morte ou natureza, em vez de um ao outro. Por essa razão sua psicologia é simplificada, tanto como é em Meredith e Hardy, e em vez de sentir a complexidade da vida, sentimos sua paixão, sua tragédia. Em *O Morro dos Ventos Uivantes* e em *Moby Dick* essa simplificação, longe de ser vazia, tem grandeza, e sentimos que algo além, que não é humano, ainda que não destrua sua humanidade ou as ações dela. Então, brevemente, podemos resumir nossas impressões. Breves e fragmentárias como são, ganhamos alguma noção da amplitude da ficção e da largura de seu alcance.

Quando olhamos para trás, parece que o romancista pode fazer qualquer coisa. Há espaço em um romance para narração de histórias, para comédia, para tragédia, para crítica e informação, filosofia e poesia. Algo de seu apelo reside na amplitude de seu alcance e na satisfação que oferece a tantos diferentes humores, desejos e instintos por parte do leitor. Mas embora o romancista possa variar sua cena e alterar as relações de uma coisa com outra – e, quando olhamos para trás, vemos o mundo inteiro em perpétua transformação – um elemento permanece constante em todos os romances, e este é o elemento humano; são sobre pessoas, provocam em nós os sentimentos que as pessoas provocam na realidade. O romance é a única forma de arte que procura fazer-nos acreditar que está dando um registro completo e verdadeiro da vida de uma pessoa real. E para que possa entregar esse registro completo da vida, não o clímax e a tensão, mas o crescimento e o desenvolvimento dos sentimentos, que é o objetivo do romancista, ele copia a ordem do dia, observa a sequência das coisas comuns, mesmo se tal fidelidade implica em capítulos de descrição e horas de pesquisa. Assim, deslizamos para o romance com muito menos esforço e ruptura, com nossos ambientes, do que para qualquer outra forma de literatura imaginativa. Parece que continuamos a viver, apenas em outra casa, ou talvez, país. Nossas simpatias mais naturais e habituais são despertadas com as primeiras palavras; as sentimos expandir e contrair, em gostar e desgostar, esperança ou medo em cada página.

Observamos o personagem e o comportamento de Becky Sharp ou Richard Feverel e, instintivamente, chegamos a uma opinião acerca deles como pessoas reais, aceitando implicitamente essa ou aquela impressão, julgando cada motivo e formando a opinião de que são encantadores porém dissimulados, bons ou enfadonhos, reservados mas interessantes, conforme nos decidimos sobre a persona das pessoas que encontramos.

Essa instigante falta de artifício e a força da emoção que é capaz de incitar, são grandes vantagens para o romancista, mas são também grandes perigos. Pois é inevitável que o leitor, convidado a viver em romances como se vive na vida, continue a sentir-se nela. Romance e vida são colocados lado a lado. Desejamos felicidade para o personagem que gostamos, punição para aqueles que desgostamos. Temos simpatias secretas por aqueles que parecem nos assemelhar. É difícil admitir que o livro pode ter mérito se ultrajar nossas simpatias, ou descrever uma vida que nos parece irreal. Mais uma vez, estamos intensamente conscientes do caráter do romancista e especulamos sobre sua vida e aventuras. Esses critérios pessoais estendem-se em todas as direções, para cada tipo de preconceito, cada espécie de vaidade, podem ser ignorados ou suavizados pelo romancista. De fato, o enorme crescimento do romance psicológico em nosso tempo foi motivado, em grande parte, pela crença equivocada de que o leitor impôs ao romancista que a verdade é sempre boa; mesmo quando é a verdade do psicanalista e não a verdade da imaginação.

Tais vaidades e emoções por parte do leitor estão, incessantemente, forçando o romancista a satisfazê-las. E o resultado, embora possa dar ao romance uma vida curta de extremo vigor, é, como sabemos, mesmo enquanto estamos desfrutando as lágrimas, risos e entusiasmos dessa vida, fatal para sua resistência. Para o rigor da representação, a flexibilidade e simplicidade de seu método, sua negação do artifício e convenção, seu imenso poder de imitar a realidade superficial – todas as qualidades que fazem do romance a mais popular forma de literatura – também faz isso, mesmo lendo-os, tornando-os obsoletos e perecendo em nossas mãos. Já alguns dos "grandes romances" do passado, como *Robert Elsmere* e *Uncle Tom's*

Cabin, estão perecidos, exceto em remendos, porque foram originalmente reforçados com tanto que tinham de virtude e vivacidade apenas para aqueles que viveram o momento em que os livros foram escritos. De modo direto, condutas mudam ou o idioma contemporâneo altera, página após página, capítulo após capítulo, tornam-se obsoletos e sem vida.

Mas o romancista também está ciente disso e, enquanto usa o poder de estimular a simpatia humana que lhe pertence, também tenta controlá-la. Na verdade, o primeiro sinal de que estamos lendo um escritor de mérito é que sentimos esse controle sobre nós. A barreira entre nós e o livro é elevada. Não nos movemos tão instintivamente, nem facilmente, em um mundo que já conhecemos. Sentimos que estamos sendo compelidos a aceitar uma ordem e a organizar os elementos do romance – homem, natureza, Deus – em certas relações, a mando do romancista. Ao olhar para trás, para os poucos romances que vislumbramos até aqui, podemos ver como, surpreendentemente, nós nos entregamos a uma primeira visão e, em seguida, à outra que é seu oposto. Obliteramos um universo inteiro sob o comando de Defoe; vemos cada lâmina de grama e concha de caracol sob o comando de Proust. A partir da primeira página sentimos nossas mentes treinadas sobre um ponto que se torna cada vez mais perceptível conforme o livro prossegue e o escritor traz a sua concepção de escuridão. Finalmente, o todo é exposto ao olhar. E então, quando o livro é terminado, parecemos ver (é estranho quão visual é a impressão) algo que o cinge como a estrada sólida da narração de Defoe; ou podemos vê-lo moldado e simétrico, com redoma e coluna completas, como *Emma* e *Orgulho e Preconceito*. Um poder que não é o da precisão, do humor ou do *pathos*, também é usado pelos grandes romancistas para moldar seu trabalho. À medida que as páginas são viradas, algo é construído que não é a própria história. E se esse poder, acentuar, concentrar e der a fluidez da resistência e força do romance, de modo que nenhum possa sobreviver, mesmo que alguns anos sem ele, também é um perigo. Para as qualidades mais características do romance – que registra o lento crescimento e desenvolvimento do sentimento, que segue muitas vidas e traça suas ligações e sinas ao longo de um extenso período de tempo – são as mesmas qualidades mais incompatíveis com o projeto e a ordem. É o dom do estilo, do arranjo, da construção, colocar-nos à distância da vida especial e obliterar suas feições; enquanto é o dom do romance nos colocar em contato com a vida. Os dois poderes lutam se forem combinados. O romancista mais completo deve ser aquele que pode equilibrar os dois poderes de modo que um realce o outro.

Isso parece provar que o romance está, por sua natureza, condenado ao compromisso; devotado à mediocridade. Seu ramo, pode-se concluir, é lidar com as emoções mais comuns porém mais fracas; expressar o volume e não a essência da vida. Mas tal veredito deve ser baseado na suposição de que "o romance" tem um certo caráter que agora é fixo e não pode ser alterado, que "vida" tem um certo limite que não pode ser definido. E é precisamente essa conclusão que os romances que temos lidos tendem a desconcertar.

O processo de descoberta continua perpetuamente. Sempre mais da vida está sendo recuperada e reconhecida. Por isso, fixar o caráter do romance, que é a mais jovem e vigorosa das artes, nesse momento, seria como fixar o caráter da poesia no século dezoito e dizer que como a Elegia de Gray era "poesia", Don Juan era impossível de ser. Uma arte praticada por anfitriões de pessoas, abrigando mentes diversas, também é obrigada a ser fervilhante, volátil, instável. E, por alguma razão, não examinada aqui, ficção é a mais hospitaleira das anfitriãs; a ficção hoje atrai escritores que até ontem eram poetas, dramaturgos, panfletários, historiadores. Assim, "o romance", como ainda chamamos com tamanha parcimônia da linguagem, está claramente dividindo-se em livros que não têm nada em comum além desse título inadequado. Já os romancistas, estão tão distantes que, dificilmente se comunicam, e para nenhum deles o trabalho do outro é ininteligível ou negligente de forma genuína.

No entanto, a prova mais significativa dessa fertilidade é proporcionada pela nossa consciência de sentir algo que ainda não foi dito; de algum desejo ainda não satisfeito. Uma visão muito geral, muito elementar, desse desejo pareceria mostrar que ele aponta em duas direções. A vida – é um lugar comum – está se desenvolvendo mais complexa. Nossa autoconsciência está se tornando mais alerta e melhor treinada. Estamos cientes de relações e sutilezas que ainda não foram exploradas. Dessa escola, Proust é o pioneiro e, sem dúvida, há ainda escritores, a nascer, que levarão ainda mais adiante a análise de Henry James, que revelarão e contarão os mais finos fios de sentimentos das mais obscuras e estranhas fantasias.

Mas também desejamos a síntese. O romance, é concordado, pode seguir a vida; pode acumular detalhes. Mas também pode selecionar? Pode simbolizar? Pode dar-nos um epítome, bem como um inventário? Foi uma função como esta que a poesia exonerou no passado. Mas, seja por um momento ou por algum tempo maior, a poesia com seus ritmos, dicção poética, seu forte sabor de tradição, hoje, está muito longe de nós para fazer o que fez por nossos pais. A prosa talvez seja o instrumento mais ajustado à complexidade e à dificuldade da vida moderna. E a prosa – temos de repeti-la – é ainda tão jovem que mal sabemos quais poderes não mantém dentro de si. Assim, é possível que o romance no devir possa diferir tão amplamente do romance de Tolstói e Jane Austen como a poesia de Browning e Byron difere da poesia de Lydgate e Spenser. No devir – mas o devir está muito além de nossa província.

Sobre a tradutora

Emanuela Siqueira pesquisa e traduz poesia, prosa e ensaio escritos por mulheres entre o fim do século XIX e XX. Seus interesses são o Modernismo, as contraculturas/subculturas e a Geração Beat. Atualmente é mestranda em estudos literários pela Universidade Federal do Paraná.

Este livro foi produzido no Laboratório Gráfico Arte & Letra, com impressão em risografia, serigrafia e encadernação manual.

Sobre Woolf

Virginia Woolf (1882-1941) escreveu ensaios, romances, contos, foi editora e uma das figuras mais importantes da literatura do século vinte. Seus livros e ideias influenciam escritores e leitores até o dia de hoje. Fez parte do Bloomsbury, grupo de intelectuais que se reuniam para discutir sobre diversas questões e suas opiniões tiveram grande influência na cultura e sociedade inglesa. Começou a carreira escrevendo artigos para o *Times Literary Supplement*. Seu primeiro livro foi lançado em 1915, *The voyage out*, e impresso na gráfica de seu meio-irmão. Dez anos depois lançaria Mrs. Dalloway (1925), Ao Farol (1927) e Orlando (1928) todos publicados pela Hogarth Press, editora que Virginia fundou com seu marido.